西去的合约

光盘 著

时代出版传媒股份有限公司
安徽文艺出版社

图书在版编目（CIP）数据

西去的合约 / 光盘著 . -- 合肥 : 安徽文艺出版社，2023.2
（鲸群书系）
ISBN 978-7-5396-7464-3

Ⅰ . ①西… Ⅱ . ①光… Ⅲ . ①中篇小说—小说集—中国—当代②短篇小说—小说集—中国—当代 Ⅳ . ① I247.7

中国版本图书馆 CIP 数据核字 (2022) 第 087218 号

出 版 人：姚 巍	策 划：李昌鹏
责任编辑：胡 莉 宋潇婧	特约编辑：罗路晗
封面设计：鸿儒文轩·末末美书	

出版发行：安徽文艺出版社　　　www.awpub.com
地　　址：合肥市翡翠路 1118 号　　邮政编码：230071
营 销 部：（0551）63533889
印　　制：阳谷毕升印务有限公司　（0635）6173567

开本：880×1230　1/32　印张：7.5　字数：168 千字
版次：2023 年 2 月第 1 版
印次：2023 年 2 月第 1 次印刷
定价：48.00 元

（如发现印装质量问题，影响阅读，请与出版社联系调换）
版权所有，侵权必究

总　序

我将中国当代文坛创作体量巨大、深具创作动能的作家群体命名为"鲸群"。入选这套"鲸群书系"的作家在2021年度中短篇小说的发表量皆有15万字以上，入选小说皆为2021年发表的作品。

"鲸群书系"以最快的速度集结丰富多元的创作成果，以年度发表体量为标准来甄别中短篇小说创作的"鲸群"，展示作家创作生涯中的高光年份——当一个作家抵达极佳的状态才能进入"鲸群"。如果我们喜欢一位作家，一定会着迷于他高光年代的作品。

我想，"鲸群书系"问世后，一定会有更多的人关注被我称为"鲸群"的作家群体，因为这个群体标示了中国当代小说创作的年度峰值——它带着一种令人心醉的澎湃活力。

如果"鲸群书系"在2022年后不再启动，多年后它可能会成为中国当代小说研究者珍视的一套典藏；如果"鲸群书系"此后每年出版一套，它或许会为中短篇小说集的出版带来新格局。

  这套书的作者中或许有一部分是读者尚不熟悉的小说家,我诚恳地告诉您,他就是您忽视了的一头巨鲸。正因为如此,"鲸群书系"的问世,显得别具价值。

2022 年 10 月 30 日

目录

灵魂鸟　　　　　　　　　001

你放手我就放手　　　　　013

西去的合约　　　　　　　053

逃　逸　　　　　　　　　067

辣椒红了　　　　　　　　081

周家失火　　　　　　　　127

跟 VB 星球人生活的两年　139

堂下有鱼　　　　　　　　175

红军旗　　　　　　　　　209

灵魂鸟

雷超推开病房门，见到侧身蜷曲的父亲。父亲这个姿势像他多年前在沱巴山区见过的一只死去的大鸟。当时那只鸟侧躺在干枯的草地上，身子精瘦，脖子长长的，翅膀收紧，双爪弯曲。父亲病入膏肓，来日不多，医生已放弃治疗。父亲静静地等待着死亡。曾经高大威猛的父亲，如同被暴晒的茄子，水分迅速蒸发，身子萎缩。雷超弄出的声音将父亲吵醒了，他睁开眼睛，盯着阳台。这时听到叫唤了似的，那只彩色小鸟又飞到了阳台上。这是只什么鸟？雷超不认识，头一次见。

他想起那年，父亲在沱巴山区开矿时，他有机会在沱巴山区待过一段时间。那时沱巴山区有各种各样的鸟，食肉鸟喜欢享受腐烂的动物尸体；喜欢以果实充饥的鸟，成天在枝头啄来啄去。一些鸟喜欢打群架，雷超时常站在高处观战，位置是父亲为他选定的。观鸟战的同时，他还观看从远处飞来观战的鸟，以及在不远处树枝上嬉戏的鸟。

雷超问："这是什么鸟，爸？"

父亲说："我叫它灵魂鸟。它驮着我的灵魂飞走。当你带着我的骨灰，在沱巴山区找到它时，就把我的骨灰埋在它身子停留处下面的土地里。"

雷超仔细地看这只鸟，在这个窗台上，雷超已见过它三次。它比一般鸟漂亮，头和身子是纯净的金黄色，翅膀和尾巴呈孔雀绿。当父亲说它是灵魂鸟时，他幻想父亲缩成一个小点，被捆绑在它的背上。雷超不放心，问父亲怎么知道它驮着灵魂，难道父亲看得见？父亲说："它跟我说过两次了，我不认为那是梦，那是现实。虽然我还活着，但是我的灵魂已经去了那边考察回来了。灵魂鸟告诉我，它带着我的灵魂飞，飞到沱巴，为我寻找安息之地。"

"也许，爸，你想多了。近年来你时常跟我提到沱巴。要知道，那里有我们不能说的秘密。"雷超说。

"不，我没有想多。记住这只灵魂鸟，记住我跟你说的话。"父亲说完闭上无力的眼睛。雷超给鸟拍了视频，没拍几秒，那只鸟飞走了，再也没回来。

雷超去往沱巴，他想赶在父亲离世前找到安放父亲骨灰和灵魂的那块土地，拍成照片和视频，让父亲活着时能看最后一眼。不是因为父亲，雷超不愿再踏进沱巴。这个偏远的山区被他一年年深埋在心里。多少年过去了，沱巴山区还是那般安静，似乎永远是一块处女地。他把车停在路的尽头，沿着一条山路走去。山路上行人稀少，已经在杂草野枝的侵占之下，变得模糊不清。路上留下的有年头的石板也几乎没于泥土。山路向山上蜿蜒，他爬了一阵，回头看时，视野开阔许多。白云乌云交替着在天上翻滚，不像要下雨的样子，但也不见太阳。他抹去额头脖子上的汗水，近望远眺，寻找灵魂鸟的身影。

有少量鸟在天空中飞翔，它们都是普通的鸟。雷超用叫喊和跺脚惊扰藏匿在树丛里的鸟，胆小的鸟逃走，胆大的鸟依然站在枝叶密布的树上。飞走的不是灵魂鸟，继续停在树上的也不是。翻过这座山，下一个大坡，雷超见到有几户人家坐落在山谷。一个打柴的中年妇女从他身边经过。他们打了招呼，妇女问雷超要去哪个村。雷超问妇女见到过灵魂鸟吗。雷超比画着，对灵魂鸟的长相做了一番描述。妇女说她见过羽毛有三种色彩并且漂亮的鸟，但没见过雷超描述的那种。雷超想起了视频，他调出来给妇女看。妇女看了几秒钟的视频后说真没见过。她说他们村上有个年过百岁的老妪，也许知道。雷超跟在妇女身后下山，来到这座小小的村庄。妇女说的老妪原来是她的家婆。婆媳关系不好，吵吵闹闹了几十年。雷超把身上仅有的三颗糖中的一颗送给老妪，坐在她对面向她请教。老妪头脑清醒，只是没有了牙齿，说话含混不清。老妪含着糖，流出眼泪。雷超看出老妪的眼中是痛苦的眼泪，她吃糖时一定想起了什么不堪的往事。雷超趁着她引出痛苦的回忆，引领她说说灵魂鸟。

"我没见过灵魂鸟，我奶奶说她见过。"老妪说。

"沱巴山区是有灵魂鸟的，是吗？"

"有。"

沱巴山区如此宽广，这里的人没有谁能够走遍，即便走遍也难见到藏在密林里的灵魂鸟。雷超想打听老妪的奶奶——那个幸运的见过灵魂鸟的祖辈情况，老妪只顾用无牙的口腔吃糖，好像雷超不存在一样。雷超离开这个小村庄，随意走向一条山路。他寻找了一整天，没见到灵魂鸟的影子。第二天又寻找一天，一无所获。第三天，他进入沱巴山区公路的山头眺望，等待也许还没从瓦城飞回沱巴的那只灵魂鸟。——父亲还没离开，他的灵魂还在身上，灵魂鸟背上还没驮父亲的灵魂，灵魂鸟是不会回来的。雷超这么想时，突然后悔自己太莽撞了，火速返回了瓦城。

遗憾的是，雷超还没回到瓦城，父亲就走了。他赶到医院，工作人员已将父亲转移到了太平间。白布下的父亲越发瘦小，他妻子描述说"像一只猴子"。雷超掀开白布看望父亲时，他说："不，父亲像一只死去的大鸟。"他的确看到了躺着的一只死鸟，别人看不出来，他却看到父亲变成了一只死鸟。

"父亲临终前，见到灵魂鸟了吗？"雷超问家里人，"它是不是常出现在病房窗台上？"

家里人没看到灵魂鸟，他们对雷超讲述的事一无所知，但他们相信那只灵魂鸟已经驮走了父亲的灵魂。

遗体火化后，雷超当即提走了父亲的骨灰盒。他不确定父亲的灵魂是随骨灰走了，还是已经被灵魂鸟驮走了。当人们热烈讨论人的灵魂时，雷超始终不明白灵魂藏在人身体的哪个地方，人死后，灵魂脱离肉体而去还是依然留下，与骨灰融为一体。关于灵魂，凡人自然是看不见的。开车去往沱巴山区时，他通过后视镜和后挡风玻璃查看是否有灵魂鸟相随。行走到公路上，他几次有意停在道边，抬头望天，寻找灵魂鸟的身影，他总是失望地叹息。在加油站，他停留达半小时之久，等候灵魂鸟。"或者它已经飞到了沱巴，在某个山头等着我。"雷超自我安慰说。

下过雨，沱巴的空气清新凉爽。这里人烟稀少，原始森林茂密，大河小溪纵横，雨后，鸟儿们纷纷钻出林子，飞到了低矮的树枝上。雷超没听过灵魂鸟叫，在众多鸟声中他不知道有没有灵魂鸟的声音。他的车行驶的路跟上次不一样，这条乡村公路弯弯曲曲，能进入沱巴山区腹地，甚至能穿越山区。经过一个比较大的村庄再行驶一两公里之后，雷超认为不能再往前了。他停车取下父亲的骨灰盒，选择其中一条山路走。他像穿行在绿叶架设的桥洞里，头时常碰着枝叶，只有不多的地方能够看到天空。往深处走，彩色鸟多起来。雷超判断，灵魂鸟一定就住在这一带，也许这里是埋葬父亲的地方，也许从这里开始灵魂鸟引导他找到那块属于父亲的灵魂之地。有一只彩色鸟停在他前方枝头上，声音不大不小地叫着，清脆绵长。雷超学它的声音，因为跑调，把这只彩色鸟吓跑了。

继续沿着曾经的石板路行走，他见到路旁一座倒塌的房屋，根据遗存的基石和别的物件，雷超推测这是一座庙，而且应该是土地神庙。他向废庙鞠躬三次，请求土地神保佑他找到灵魂鸟。再往前走时，碰上一个老头。老头光着上身，蹲在一块石头上，远看像一只野兽。老头的年龄猜不出，他身子与脸一样黑，比古铜色还深。他向老人走去，老人用警觉的眼神看着他走过来，老人特别注意到雷超手提的那个盒子。

"老爷爷，我向你打听一只鸟。"雷超说。

"我不认识鸟，它们天天在我眼前飞，我一只也不认识。"老人说。

"一只灵魂鸟，它有纯粹的金黄色和无与伦比的孔雀绿。"雷超说。

老人想了想，然后说："我没见过这种鸟。"

"有一个百岁老太太的奶奶见过，沱巴山区有这样的鸟。有一天它飞到了瓦城我父亲的病房窗台上。"雷超说，"我父亲死后，它接走了我父亲的灵魂。"

"哦，它是特意飞到城里接走你父亲灵魂的？"老人问。

"是啊是啊，我要靠这只鸟的引导才能找到安葬我父亲骨灰的那块土地。"雷超说。

"我是一个安葬灵魂的人，那些没地方安放灵魂的人都来找我，或者我知道后主动去找他们。"老人说。

"你是一只鸟吗？"

"不是。"

"你能看到我父亲的灵魂吗？它现在在我手上吗？"雷超说。

老人低头看自己黑黑的双脚，不回答雷超的话。老人起身向山上走去，他身材矮小，行走时也像一只野兽。山道两边倒没有过多的杂枝挡道。上了坡不久，横行，出现没有规则的坟墓。有的新,有的则已经有年月了。

"你干这个多久了?"雷超问。

"快三十年了吧。"老人说,"我原来是沱巴有名的师公,后来不做了,专做安葬灵魂的事。干这一行我也很有名,你难道没听说过?"

雷超摇头,解释说:"因为不需要,所以从没注意。做师公挺好的,你为什么要改行?"

"那天突然想改行的。那时沱巴突然来了两伙人,他们在满竹底那边决斗,后来一方胜了,另一方被消灭。"老人说,"人们害怕去满竹底那一带,那里虽然偏僻,因为每年长金色蘑菇,受到沱巴人喜爱。金色蘑菇鲜美,可能是天下味道最鲜的东西了,我所吃过的肉类没有能比得上的。自从他们打了群架,埋了死人,再无人去采金色蘑菇。我是师公,我是不怕的,我照样去采蘑菇。但是我发现这里的灵魂全都不安分,因为他们没有得到安葬。从那天起,我决定改行,以自己的特长做一个灵魂安葬师。"

雷超说:"你干这个工作太合适了。可是人家怎么知道你是灵魂安葬师呢?"

"生意是慢慢做出来的,想起当初,唉,真是个难。难在没有信息。客源应该是很多的。"老人说。

"是的,到处有需要安葬灵魂的人。"雷超说,"你家住附近吗?"

"不远。这是块风水宝地。你懂看风水吗?"老人问。

"不懂,但这里看上去很舒适,人有一种踏实感。"雷超说,"满竹底那些不安分的灵魂你收集安葬在此吗?"

"没有。他们的灵魂我不可能安葬。相反,我安葬的是那些得不到安慰的灵魂，那些无亲人安慰的灵魂。"老人说。

一群鸟飞过，它们撒下一路歌声。老人带雷超参观墓地。给他讲墓主人们是如何联系上他，最后墓主后人如何送来的。雷超没太能听进去，这些墓主经历不同，但结局大致一样，都是些悲剧。

"你需要我帮助吗？"老人盯着雷超手中的布包问。

雷超说："不用。"

雷超脑子里只有灵魂鸟。他告别老人后，继续在大山里寻找。

第二天下午，他在深入的找寻中，低头发现脚下长满一地金色蘑菇，这大概就是老人说的那种。他抬头环视，发现这些山岭似曾相识，继续前行，当他站在一个山头上时，发现这是三十年前他站立的地方。在这里他亲眼见到父亲与平阳决斗。那时他还很小，但已经浑身是胆，他敢对任何侵犯他的人动手。三十年过去，父亲开矿途经之处，已经被草木淹没，没有任何痕迹。记得当年，他父亲带他进入矿区时走的是一条路，观看鸟打群架后，走的却是另一条路。但是他误打误撞进来的这条路，不是父亲带着队伍带着他逃出沱巴的那条。这不奇怪，这里丰富的金色蘑菇吸引了沱巴山区四面八方的人，他们从不同的地方踩出通向这里的路。雷超想，这里或许就是安葬父亲的地方，神灵让父亲和他的仇人在阴间和解，因为冥冥之中有什么神秘的力量将他引导而来。为了确证，他抬头寻找灵魂鸟。头顶上方有雄鹰白鹭之类的鸟飞过，就是不见灵魂鸟。

他在山头等候灵魂鸟两个小时，却等不来灵魂鸟。可以判定，这里也不是他要寻找的地方。天色不早，他只得匆匆离开。

回瓦城后，他计划休息几天再进沱巴寻找。在路少林密水纵横的沱巴寻找一只鸟，无异于大海捞针。雷超查阅资料，想知道灵魂鸟的学名，他在图书馆和书店查找了能查到的资料，并没有查到灵魂鸟相关情况。有关鸟的彩色书刊里有鸟的照片，有与灵魂鸟相似的，却并不是。图书馆里的一本旧书，所描述的鸟跟灵魂鸟相像，也有图。但图是黑白画，不是彩色摄影图片，因此也不能确定。

父亲曾住过的病房住进来一个中年妇女，雷超借病房门打开时观察里面的窗台，想看看灵魂鸟是否真的离开。后来他的偷窥行为被病人家属发现了，他一脸尴尬，说不出解释的话来。他下楼买来礼品送进来，此时，他突然找到了借口，他对病人及其家属说："我要看的病人已出院，礼品就转送给您吧，祝您早日康复。"对方拗不过雷超的热情，就收下了。雷超借机观察窗台，并且问病人及其家属："我父亲住院的时候，窗台上常有一只头部金黄、身子和翅膀孔雀绿的漂亮鸟，它最近还来吗？"

病人和家属说从没见过。雷超自言自语说："它的确飞回沱巴了。"

休整结束，雷超提着父亲的骨灰盒又进沱巴山区了。有亲戚认为雷超提着父亲的骨灰盒四处奔波不妥。"如果父亲的灵魂真还留在骨灰里，更应该提上了。否则灵魂鸟不能识别。"雷超很固执。这些日子里，雷超一次也没有梦到灵魂鸟。他认为很正常，灵魂鸟并不想托梦给他，不让他顺利地找到它，找到安葬父亲的宝地。

沱巴山区公路不发达，就那么两条像样的乡村公路，其余的都是过去留下的山路、即将消失的石板路，即便是这些小路也鲜有人行走了。大多数中青年人走出沱巴，长年待在城市的各个角落，梦想成为城里人，或者至少要让后代成为城里人。

每碰上一个人，雷超都要向对方打听灵魂鸟，因为说不出名字，只用嘴巴描述，对方无法想象出灵魂鸟的样子。即使看了灵魂鸟简短而远距离的视频，他们也没看真切。接近中午，终于有个人说见过这种鸟，他们俗称"闪电雀"，不知道学名叫什么。这个人说他们村的一个人捕捉到一只这种鸟，养在笼子里。在跟随这个人去见"闪电雀"的路上，雷超用微弱的断断续续的流量查找俗称"闪电雀"的鸟，页面卡在那里一动不动，他用电话让老婆在城里查。电话信号差强人意，不一会儿，他老婆回话说："网上没标明有这样的鸟。但在一篇网络小说中说到闪电雀，而且还是主角。"雷超很失望："哦，那是网络小说作者瞎编的。"

　　雷超问这个人，为什么他们要叫它"闪电雀"？这个人回答说，因为这种鸟在天空电闪雷鸣之前，会发出尖厉的叫声报警，还会展开闪电一样的翅膀。雷超回忆起天空闪电的样子，说："这种鸟很奇怪。"他没见过灵魂鸟展翅，如果它就是"闪电雀"，为什么不展开闪电一般的翅膀，那是因为没有碰上雷电天气吗？

　　这个人带雷超找到他们村的那个人，只见装着"闪电雀"的笼子挂在院子里一根用来晾晒衣服的竹竿上，那人正想卖掉这只鸟。他相信这么漂亮的鸟不会没人要。雷超仔细观察了"闪电雀"后说："它不是灵魂鸟。"雷超给那人看视频。那人说他捕鸟二十多年，长到四十岁，从来没见过这种鸟。至少在沱巴山区没有。雷超用老妪的奶奶见过为证，说沱巴肯定有灵魂鸟。那人说："你们说的，正是闪电雀。你看看，多像。不是像，就是同一种鸟。"

　　晃眼看是有几分像，仔细分辨，不是同一种鸟。雷超认为没必要跟认死理的那人争论。他告别,那人提着鸟笼追上来,说:"请你买下。你从那么远的城里来,不就是为了买我的鸟吗?"雷超被纠缠不清,答应买下。雷超只留下鸟,鸟笼不要。他将"闪电雀"拿在手上,有那么一瞬间,他发现这鸟变成了灵魂鸟。

他撒手放走了"闪电雀",它开始飞得快,稍后放慢速度,朝东边方向飞去。雷超断定它飞向了灵魂鸟待着的地方。两种鸟长相接近,一定就住在同一个林子里。雷超重新启程。头上时不时有鸟飞过,但都不是来迎接他的灵魂鸟。

雷超在追寻"闪电雀"过程中与土地神庙不期而遇。土地神庙的横梁跌落在残垣断壁中,早已腐烂成泥,里面长着厚实的杂草和灌木,有兔子做了窝。听到雷超的脚步声,一只大兔携一只小兔逃往林子。那一定是一对母子或者父子,或者母女或者父女。野兔惊扰了树上的鸟,它们"呼啦"飞向别处。

"老头。"雷超叫喊并不见人影的那个替人安葬灵魂的老师公,山林沉默,一朵乌云遮住太阳飘过,投下长长的阴影。他走向那块墓地。老头不在。而那天见到的坟墓全被夷为平地,长出一棵棵的树,新土堆在草丛中,树像刚种下去。雷超记得老头曾经说他家在附近。沿山道行走两三里路,雷超见到山脚下的房屋,猜想那一定就是老头住的村庄。

村子不大,透着些悲伤之气。一打听,果真,老师公已经去世,就在遇到雷超的第二天,老头无疾而终。村里人告诉雷超,那些不是坟墓,是老头自作多情亲手垒起的土包。三十年来,他试图为那些特殊的人安葬灵魂,却一次也没做成。老头去世,他的后人将假坟墓平掉,种上了茶树。雷超想去拜访老头的坟墓,老头家人婉言谢绝。

"土包虽然是假坟,但那是老人耗费许多心血做的一个个灵魂之坟,是老人一生最大的成就和心愿。后人不该将它们平了。"村里有人跟老头的后人争吵。

雷超提着父亲的骨灰盒,又上路了。有鸟似是而非地叫着,声音杂乱,他分不清其中是否有他苦苦寻找的灵魂鸟。手上的父亲越来越轻,几近于无。风刮起来,云在低垂的天空上翻滚;云雾缭绕下的沱巴山区,面容模糊。

你放手我就放手

一

开完庭，邵彬匆匆走到外面给五叔回电话："你的案子我记在心里呢，误不了事。"五叔开个小建筑公司，他从泥水匠成长为包工头，又成长为小老板，眼下他碰上两桩官司，一桩他是原告，一桩他是被告。

"今天我说的是第三桩官司。"五叔说。

邵彬的心像被东西击打了一下那样难受。给五叔打官司，邵彬得不到律师费，还要搭进时间、经费，他特别不乐意。

"我要起诉邵强，他侵占我的土地。"五叔气呼呼地说。

邵强是邵彬的亲弟弟。"邵强怎么侵占你的土地了？"邵彬问。

"他在我的宅基地上建楼房，上个月封顶了。"五叔说。

邵彬不太爱回村里，他太忙，一年四季跑全国各地给人代理官司。不到万不得已，他难得回村。村子在一个山区里，山多地少，得块土地不容易。村里老人将每一块土地都命了名，五叔告诉邵彬，被邵强侵占的是庙门底田洞前那块荒地。邵彬离开村子二十多年，对村里山林田地的名称有些模糊。村里的地图在他脑子里放大，他想不起那块荒地的样子。五叔提示说，就是以前的草垛。邵彬脑中的地图这才完全清晰。那草垛，不，不是一个草垛，草垛一个连着一个，是一群草垛。草垛群仰望古庙，一条溪流将草垛跟连片稻田隔开。古庙在林子里，早已损毁，小时候他就没见过，据说墙基还在。林子太厚，邵彬长到十八岁离开村子到省城上大学都没踏进庙山一步。草垛他记忆深刻,小时候跟同伴们在那里捉过迷藏,拆草垛时跟大人围捕过老鼠。他第一次性爱就是在草垛完成的。那年深秋,他带女友回村,游玩到草垛,两人来了激情。依靠草垛的掩护,他们做完第一次,见没人进来,他俩接着做第二次。现在老婆想起来却很生气:"我的第一次怎么可以在那样的地方给你呢!"

邵彬调出邵强的电话,问他为什么要侵占五叔的地盘,邵强说:"不许你向着他说话,你跟我亲还是跟他亲?""你是我亲弟,他是我亲叔,跟谁都亲。我们得讲道理。""谁不讲道理?你问他,问邵将锋。"

邵强挂断电话后再也不接邵彬的电话。邵彬三年没回村里了,父亲过世后他还没回过,以前父亲活着时他通常一年到一年半才回去一次,他常给父亲寄钱。父亲见到钱,便不责怪邵彬,父亲理解他的忙。邵彬是村里公认最有出息的人,因为读过重点大学,又当律师,以前村里人都指望邵彬为村里做些实事。邵彬没这个能力,他虽然不缺钱,但他缺时间,也不想把钱花在为全村人公关上。打官司得的钱也是血汗钱,东奔西跑,成天打嘴巴仗,每一分都是辛苦钱。道路太差,偶尔回村,车辆都受损,回城后要花掉一大笔修理费。

这次他冲动地决定回去一趟。他没告诉妻子要回村,他撒谎说去外地取证。妻子要是知道他回村,肯定会说三道四。邵彬开着车出城,下高速后,经过县城,再向东边山区开。越往里走,路越难走。车到城郊接合部,前方堵车,车队长长的,堵了好一阵了。不知前面什么情况,大家猜测说前面出了车祸,也有人说在修路,暂停放行。邵彬不着急,他耐心地看着车窗外。好些人走出车厢,大约知道还要堵很久,出来放风。邵彬开庭坐了半天,又开了两小时车,屁股坐麻了,他推开车门下车来松弛身子骨。

两米开外的草地上,两个孩子突然打架,互相揪着头发。无聊的司机们在一旁起哄:"打他,揍他!"他们不知道两个半大小子的名字,自动地分成两派,向对方发出挑战。两个孩子双手没空,脚踢对方时很快被对方化解,两人相持着。一个披着外衣的中年男人赶来:"别打了,都放手!"孩子都不主动放手。

"顺子,快放手。"

"不!"顺子说。

"方焕,快放手。"

"不!"

"都不放手,你们俩要在这里打十年八年?"

"顺子放手我就放手。"

"方焕放手我就放手。"

"都给我放手!我数一二三。"中年男人数到"三"时,都放了手,但顺子迅速揪住方焕的头发,两人又扭打在一起,互相揪住了头发,回到刚才的样子。

路通了,司机们一哄而散。

回到村里,已到晚上八点。路况还是以前那样,坑坑洼洼,车底盘不时被刮得砰砰响,前面几响邵彬还心痛,后面就麻木了,他不认真选路,加快车速,倒是刮底盘时候少了。邵强不知道邵彬回来,正准备吃晚饭。邵强一个人喝酒,见到邵彬,说:"我今晚不用喝闷酒了,快坐下来陪我喝。"

经了解,村里草垛地块一部分分给了五叔。邵彬离开村子的这二十多年,村里进行过多次土地山林分配和改革,他不知道,他对农村一点不了解。邵强在五叔地盘上建小洋楼是有意的:"邵将锋欠我的工钱一分还没给我,他还是我五叔吗?"邵强十年前跟随五叔在外打工,帮人建房子,据邵强讲,五叔欠他许多工钱。村里及附近村好些人跟随五叔打工,他们也被拖欠工资,但后来基本拿到了。这些人采取了多种手段。五叔就是不给邵强,借口没钱,借口项目欠自己工程款。

"亲侄儿就白干了?"邵强喝了酒,情绪更激动。

邵强跟五叔的经济纠纷,邵彬从没听说过。邵彬不回村时,见不到邵强。邵彬在城里倒经常见到五叔,五叔已经在城里买了房,还在远郊买地建了别墅。邵彬时不时邀朋友上五叔的别墅玩,邵彬以五叔为自豪,五叔以邵彬为自豪。邵彬在这座城里律师界名气不小。"谁欺负了你,你跟他打官司,让我侄儿为你辩护!"五叔到任何一个地方都说这话。邵彬的客户有的是五叔介绍来的。邵彬不缺客户,他缺的是重要的客户,那种一场官司下来让自己赚得盆满钵满的大客户。"打官司是为了伸张正义吗?不,是为了挣钱。"邵彬对妻子说。妻子厌恶他,她不是不想要钱,是邵彬的势利令她反感。妻子一边享受邵彬赚回来的优厚的物质条件,一边骨子里看不起心术不正的邵彬。

了解到邵强侵占五叔土地的缘由后,邵彬不再指责邵强。五叔电话还是紧追不放,他又打来了:"你抽个时间回村一趟,帮我打这场官司。邵强凭什么侵占我的土地?"

"我现在就在村里,"邵彬说,"你拖欠他工钱十多年,他侵占你的土地事出有因。"

"邵强把土地空出来,我就付他工钱。"五叔说。

邵强抢过电话说:"邵将锋,对,我就叫你邵将锋,不叫你五叔。你付清我工钱,我就还你一块土地。欠款不还到位,你让我拔楼,做梦。"

留守在村里的人不多,只有一些老人和个别中年人。村子很安静,晚上一丝声音没有。邵彬睡不着,这比封闭的容器还安静的乡村,他不习惯。天快亮时他才睡着。屋子里有声音,弟媳起得早,她干家务的声音很大。接着她用电话骂两个女儿。两个女儿一个在武汉上大学,一个在县城上高中。大清早的骂人,一定有气不过的事情。邵强叫老婆小声点,她顾不上,骂上了路,停不下来。这倒好,有了吵闹声,邵彬睡得更香。

九点多,邵强一家吃早饭。这个早饭时间邵彬还记得,小时候村里人就是这样,清早起来下地干活,九点多吃早饭,一两点吃午饭。

早饭后邵强夫妇下地干活,邵彬跟在后面。邵强的菜地不成片,东一块西一块。土块分割给不同的人,一些人不答应让邵强种,就这样隔离着。无人种植的田地长满杂草。

邵强给地里的西红柿喷洒"甜红素",吃过这种药水的西红柿长得漂亮,卖相好,老板收购时价钱给得高,有多少要多少。弟媳在另一块菜地上喷农药,邵强过来后接着喷第二遍。"我都喷过了,喷太多还能吃吗?"弟媳说。

"我知道你喷过了,明天这菜采摘给县种子公司的,我拉到镇上,他们从镇上拉到县里转卖给职工。"邵强说。

"你这不是自砸招牌吗?"邵彬说。

"别担心,种子公司的人信得过我。他们看过我的菜地,你看见那边那块地没有?是种子公司的特供,我施农家肥。可是,明天我不会全给他们特供菜,有一半是上过农药的。在我这里定特供的不止种子公司一家,都给特供,我们哪来那么多,拿什么赚钱?"邵强说。

邵彬在村里停留了一天,他在村里到处看看。去了曾经的草垛，草垛一个也没有了，除了邵强新建的洋房，别处空着。邵强说建这座楼房花掉二十多万，邵强只有两口子在家，住不了，建房就是为了占地，是对五叔的反击。五叔在城里有事业，他很少回村，但土地是他的，有再多财产他也不能丢土地，土地太珍贵了。有消息说，这一带要发展旅游业，将来会有好多游客进来，占地建餐饮旅馆，是条发财路。五叔在村里没有住房，从爷爷手上分到的那间房已经倒塌。五叔清明节时偶尔回来一下，住在邵强家，或者别的侄儿家，第二天回城。邵彬不太记得当年跟妻子第一次做那事的草垛的方位了，但是第二次来到现场，他情绪激动，急忙给妻子打电话。妻子得知他回村了，勃然大怒。妻子反应强烈，想起人生第一次是在野地里完成的就伤心。"这是很浪漫的事，你干吗将它当作耻辱？"邵彬的话只能引起妻子更大的愤怒。

傍晚，邵强夫妇采摘回卖给县种子公司和镇政府干部的蔬菜，灯光下，沾水的蔬菜脆生生的，煞是喜人。第二天天刚亮，夫妇俩分别开着电动三轮车、摩托车赶往镇上。邵彬没再停留，他带上邵强送的一把蔬菜、一只鸡往市里赶。

二

五叔叫邵彬去见他。那是五叔的公司，门面不大，在城郊接合部，两间当街的房。五叔公司小，实力不足，只能接些乡间的活，或者"喝喝大建筑公司的汤"。五叔也不指望公司巨大，他无能力管理一家大公司。他公司有三四十个人，水工、电工、泥水工，凡是建筑工地上用得上的都有。他们接农村建房的活，或者城里别墅区的建筑活，都是集体扑上去，用不了多久，两三层洋楼就建好了。建这类小型楼房，五叔特别有经验。农村时兴建小洋楼，五叔的生意不断，他的建筑公司活跃在这座城市远远近近的郊区。

"五叔，你公司应该搬到写字楼去。"

"这里很好，我们是农村建筑队，落根城郊接合部，接地气。"五叔板着脸说。他开始骂邵强，骂他是强盗、不肖之子、猪狗不如。"他不到三个月大的时候我就看出他不是好人，我抱他，他用手挠我眼睛。"邵彬不接话，任五叔骂人。五叔没完没了地骂，邵彬听不下去，说："你错在前，恶意拖欠他工钱十多年，他是没办法才这么做的。"

"我说了不给他吗？别人的钱我都给了，说明我就不是一个拖欠农民工工资的老板。再说，给亲叔白打工不应该吗？事事都跟长辈计较，不是畜生是什么？"

"五叔，我们兄弟俩前世欠你的好了！"邵彬说。

五叔最后说："改天我回村里把邵强的楼平掉。"

"五叔，你让我来是谈案子的吧？今天谈哪个案子？"

"谈供电公司这个。"

五叔在远郊买地，加上紧连的荒山，有好几亩。五叔开了荒山，建别墅，在原来的荒地上种树。别墅占地面积大，三个成家的儿女都有独立的套间。小儿子跟五叔干，两个女儿嫁人后跟着老公发展。多余的地，没有荒着，五叔种上杉树、红豆杉。如今十二年了，树木都长得喜人，红豆杉虽没有杉树高大，却也有成年男人一般高，每年结籽。籽红红的，可以生吃，最主要是用来泡酒，功效特别好。五叔泡的酒自己喝不完，邵彬每年可以获得一缸，客户也能获得一小缸。红豆杉有很多医用价值，全身是宝，五叔的院子及"林场"都砌了围墙，安了铁丝网，重点保护。在林子东北角上空有一根高压线，这块地成为五叔财产前，没有高压线。五叔最初是想在荒地上建两三幢七层楼住宅出售，那时候这里虽然还很偏僻，但五叔有远见，预料不出十年这里就成热闹之地，城市的触角一定能触碰到这里。五叔的预见是对的，当初的远郊，现在外环路伸过来了，街道插过来了，远郊的一切都翻番升值了。五叔还没来得及建商品房，一根高压线横空出世，架在荒地上空。五叔去交涉，摸了好长一段时间才明白，供电的是一家叫MG的电力公司。五叔读不准MG，别人听来特别费劲。MG电力公司是家私企，公司不认账，五叔拿他们没办法。地产是开发不成了，地不能荒着，五叔种上杉树和红豆杉。那时，树木都是苗，离高压线远得很。树苗在人工精心护理和大自然滋养下茁壮成长，十年成林成材。

十天前，五叔的林子被电力公司砍掉一大片，对方的理由是林子影响了高压线，按《电力法》必须要砍。

"按我的脾气，我非得铲平MG电力公司。"五叔说，"不过，我现在是'企业家'了，是个有身份地位的人，我不跟他们一般见识，我要拿起法律的武器。"

五叔快要到六十岁了，他感叹自己不再年轻，一切都力不从心。林子被砍伐，邵彬让五叔拍下现场照片，五叔没拍。五叔说不会拍。"你不会拍，你儿女也不会拍吗？"邵彬说。反正就是没拍，责怪他也没有用。邵彬说："你约我到这里有什么用，应当约我到你家林子呀。"

叔侄俩转场到林子。被砍倒的杉树、红豆杉倒在地上，很大一片。五叔蹲下来摸着红豆杉轻轻哭泣。林子耗费了五叔很大精力，这几年他的公司一半的事情交给儿子打理，他用余下的精力打理这片林子。五叔对这片林子颇有感情。五叔的哭泣,鞭子似的抽打邵彬的心。

"他们事先跟你商量了吗?"

"没有,只是有一天那个巡线员对我说,你的树撑着了电线,要砍。我说,谁挡了你的道,你就砍嘛。不用你们砍,我来砍。我原本的意思是斩断撑着电线的那几根,别的都不要动。没想到,没几天,他们破墙而入,也不通知一声就砍了一大片。"

"简直就是强盗。"邵彬说。

五叔初步估计说:"树木损失至少在二十万元。"

邵彬用手机拍现场取证,拍了照片和视频。他忽然想起,有一天他带朋友来玩,朋友给这片林子拍了照片、视频发到朋友圈。这样,砍伐前后的照片、视频都有了。五婶出现在林子里。五叔点着五婶的脑袋说:"你是个废物,人家翻墙砍树,都不知道!"当天五婶的确在家看电视,林子虽然与住房连着,但是砍伐的是另一头,林子又大,不出来巡逻不会发现。施工队用的是电锯,不到一小时,这一大片就砍伐完毕。离开时他们从房子这边出,五婶听到声音,出门来。"你们来干什么?怎么进来的?"五婶责问他们。施工队为头的说:"你家树木挡着了高压线,违了法,我们来砍树。你家老头子同意了的。"施工队从家里的大门出去后,五婶去林子查看,树木被砍伐了一大片,五婶大骂五叔。

五婶承认自己护院失职,她不怪林子大,不推卸责任,批判她时,她检讨、自责。

"行了,五叔,你省省口水吧。那天换你在家,你也不一定能发现。"邵彬说。

"我当然能，林子就像我身上的头发，谁碰我都有反应。"

"让你五叔骂吧，换了我，我也饶不了。毁树容易种树难，这都是种了十二年，已经成材的树木啊！"五婶哭得厉害。邵彬的眼泪被勾出来，他不知道怎么劝，怎么劝都没有用。树木已经死亡，不可能再生。砍下的杉树可以卖掉，但红豆杉就卖不掉，红豆杉的作用不是当木材。

"官司用力给我打。"五叔对邵彬说。

任何一部法律都是公平公正的，不是只为某一类人立的。但五叔早两天跟 MG 电力公司论理，对方粗暴地说："挡了高压线就必须无条件地砍伐，这是法律规定的。砍了白砍，绝不赔偿。本公司成立以来，架线无数，逢山劈山，逢林砍林，从不含糊，从没有赔偿先例。在我们这里就没有'赔偿'这两个字。"

邵彬记下砍伐树木那天的日子及五叔的赔偿诉求，理论上说这个官司肯定赢，但作为律师的邵彬还是不愿打官司，这里面程序太多，要耗费大量的精力。对他来讲这是一桩没有收益的官司，不打为好。邵彬希望调解，只要对方赔偿二十万就完事。就算退一步，赔不到二十万，也是胜利。他知道五叔估价肯定有水分。不过，这是五叔的心血，也是无价的，这里面不能完全用金钱来衡量。

五婶准备好了饭菜，邵彬不吃了，他径直走到车上，还有好多事等着他去办，最难的是为当事人取证。有时候为了取一个证，要跑好几趟，还要受许多气，但看在钱的分上，受气受累都不在乎了。

远郊的这片乡村，城镇化进程比别的地方快，不到五年，这里变成一处繁华市区都不一定，五叔那片林子还能不能完全保住都是个未知数。如果能保留，在市区里有大片林子，倒是片极好的风景。

"告诉邵强，让他自己拆除房子，不要等到我们去拆。到那一天，丢大脸的是他，损失最大的也是他。"五叔敲开邵彬的车窗说。

三

五叔还有另一桩官司，是被告，这官司不得不应战。五叔为啥成被告？还是建筑的事。五叔从小学习砌墙，一辈子都是个泥水匠。去年五叔的建筑公司在长方村建了好几栋民房，都是三层半的洋楼，其中一栋出现质量问题，墙壁开裂变形。这家男主人叫孟文军，上门要求五叔赔偿。五叔不承认有质量问题，说是孟文军使用不当，拒绝赔偿。几番交涉不成，孟文军状告到法院。现在双方还在取证阶段，还没开庭。五叔接到传票后，一切交由邵彬处理。邵彬气得差点把传票撕掉，不挣钱的官司是个大麻烦。邵彬初步写了应诉状。房子是包工包料的，孟文军只向五叔提供地块，设计、施工都由五叔完成。五叔公司中有设计人员，毕业于职业技术学院土木建筑专业，学业不精，但应付乡下民房没问题。孟文军对图纸很满意，要求五叔建最高质量的房子，什么材料好就用什么材料。五叔向孟文军推荐钢材、红砖等基本建筑材料，孟文军没接触过建筑，他上网查了一下，这些都是好材料。双方商量好价钱后，签了合同。

孟文军不在村里生活，他到城里开洗浴城，挣下不少钱。长方村在远郊，这几年城市扩容，村子离市中心越来越近。孟文军在村里分有土地，农村建房没什么规划，只要有块地，到镇里乡里办个简单手续就可以建了。孟文军那地有150平方米，可以建一座大洋楼。等到村子与城市握手，村里洋楼就值了大钱。孟文军想来想去，觉得那块地用来建洋楼为最佳。孟文军有钱，这套房总预算才32万，这真是太便宜了。孟文军就将建筑事宜全权交给五叔，他想在三个月后看到拔地而起的楼房。装修是下一步的事情。孟文军请五叔到洗浴城洗过两回澡，过问洋楼建筑情况。五叔的回答，孟文军满意。

孟文军的洋楼开始建造后，长方村的村民都嗅到了一丝气息，一时兴起建造风。村民大部分都不缺房住，都说建一栋多余的房并不多余，将来可以拿来出租。到那时城市与村子连成一片了，出租生意定是红火的。村里的一些人也让五叔公司建新楼，他们跟孟文军不同，只包工不包料，材料自己进城挑选。有时间的村民天天盯着五叔的施工队，使工人们偷不了工更减不了料。其实，他们都错了，五叔照样有办法偷工减料。相对于建村里的民房，建孟文军的房五叔就有更大的自由度了，五叔想怎么处理就怎么处理。孟文军隔个把星期给五叔打个电话，称两人是好朋友。"你放心，我邵某做事从来对得起朋友！"五叔每次拍着胸口说话。五叔这样的生意人，除了儿子不坑，娘、老子都敢坑，何况孟文军这样合作式的酒肉朋友。孟文军人爽快，合同一签，就往五叔账号打了16万，剩余的一半完工后一次性打入。洋楼建到一半，那晚孟文军喝了酒，趁酒劲把另一半提前打入了五叔账号中。"你这么信得过我，我就更要把质量放在首位了。"五叔在电话里信誓旦旦地说。

因为都不是行家，村民以为五叔只挣了辛苦的工钱，楼房建好后都对五叔感激不尽，准备向别的村推介，家家户户都请五叔去吃了大餐。五叔会演戏，吃了人家材料钱还装出清白的样子。这个村民信，因为材料是他们亲自买的，送来后又亲自验货。可是五叔有的是办法，材料是村民自己挑选验货的没错，村民却没有亲自将材料砌进房子里，这就是五叔的空间。

洋房三层半左右，算是低矮建筑，平时承重不大，一般情况下不会垮塌，即使比设计要求建得低些也不碍事。五叔并不担心质量问题，这么多年来，他偷了多少工减了多少料，主人住得仍然好好的。

孟文军家这楼是个意外，五叔后悔不该把不合格的建材全用在一面墙，应该搭配着用。五叔将暗中搞来的建材放到孟文军的洋楼来，和村民洋楼里的材料岔开来用。除了给工人开工资，孟文军这楼五叔买材料花了不到五万。

五叔公司负责的长方村的这批洋楼先后建好，孟文军的前后花掉75天。不到三个月交房，孟文军对五叔竖起大拇指。孟文军回村这里摸摸那里看看，说："好，好，很好！交给朋友做就是省心。"

洋楼建好后，孟文军不再管，让它空在那里，计划等时机到来后再使用。半年不到，村里竖起差不多二十栋洋楼，没人专门注意长年不着村的孟文军的那栋洋楼。谁也不知道那墙是什么时候开裂变形的。一个村民偶然发现了，村里人当笑话来说。他们没说五叔建筑质量不好，是笑孟文军地块风水不好，又不举行开工仪式搞祭祀，得罪了土地神，因此质量出问题了。孟文军在城里发了财，村里人多少有些妒忌，房子坏了，拔掉重建就是了，不拔掉也行，孟文军在远处还有块地，再建幢小洋楼也够地盘。这事在村里议论了好几个月，一位堂兄从城里打工回村听说后报告给孟文军。堂兄拍了照片传给孟文军，照片里看不出质量问题，孟文军说："这不是裂痕，是水印吧？"

变形更是看不出，因为堂兄拍的照片就是变形的。孟文军亲自回村来查看。孟文军找五叔，五叔不相信，不承认，拒绝到长方村看现场。

两人闹翻了。

"我要向法院告你！"孟文军说。

"随时奉陪，坚持到底。"五叔说。

五叔跟儿子、五婶私下承认，出现质量问题并不奇怪，他们的失误在于忽略了建材的均衡使用。钱已经进了口袋，绝不能输官司，要从长方村的气候、地形以及孟文军地基上找客观原因，不能承担一点责任。

邵彬叫五叔陪他去长方村，五叔不去，好像这个官司跟他没关系似的。邵彬忍住怒火独自前往。修路、架桥、建房，不是行业中人，根本无法想象其中的套路。邵彬从五叔一家人闲谈中发现，五叔从没交给过客户一栋高质量的小洋楼，他们从不遵循设计要求，图纸都是画给客户看的，他们心中另有一张图纸。这样的洋楼，住进去固然不会有危险，但一旦遇到自然灾害，它的抗灾能力就差很远；即便不碰上自然灾害，它的使用寿命也会大大缩短。

经人指引，邵彬来到孟文军洋楼前。墙壁裂痕比较明显，墙壁也有明显的波浪。"这房也太假了。"邵彬心里说。邵彬远远近近地拍了照，又去查看同村别的洋楼。主人见了，问邵彬是干什么的。邵彬说明来意。"全村就孟文军家的出问题。"至少从外观看，同村其他洋楼的质量不错。但孟文军这楼，开始也好比穿着高档衣服的亚健康人一样，你看不到内部的病灶。

邵彬回城后去五叔公司向他汇报。约好的，但五叔不在，公司关着大门。邵彬联系五叔，好久他才接电话。"你回来了最好，我正在跟孟老板骂架，快到前面的邮局门前来帮我。"五叔原本是在等邵彬的，中途孟文军上门讨债，五叔来个先下手为强，数落孟文军不讲良心，把本不是他的责任栽到他头上。五叔担心在公司吵架影响形象，说："我们到外面吵去。"五叔将孟文军引到离公司三十米的邮局前，那地方宽敞，适合骂街吵架。街上人对他们吵架内容不感兴趣，看一眼就走了。五叔叫经过的人评理，路人不评，摇头走开。

邵彬叫两人住嘴。"我刚从长方村回来，查看了孟老板的洋楼。首先那楼设计得很漂亮，钢材是钢材，砖是砖，水泥是水泥。"邵彬说，"要是我有这样一栋楼多好。"

"你是谁？"孟文军说。

"你不用管我是谁，有一点可以告诉你，我是公平人。"

"他是谁？说出来吓死你。他就是大名鼎鼎的邵大律师，我亲大哥的儿子。"五叔说。

"你不是已到法院起诉了吗？来呀，看看官司最后谁赢。"邵彬说。

"我不管你名气大不大，反正我没听说过。我请的律师也很有名。唐飞东，你知道吗？"

邵彬笑起来，大笑，笑声好长一串。

"听到我侄儿的笑声没有？怕你？"五叔说。

"你最好的办法是撤诉，我们坐下来谈判。不然到了法庭上，你连反击的机会都没有。"邵彬说。

邵彬是真心不想打这场官司，凭他的经验，官司准输。输不是关键，他得不到一分收入，还要耗费大量的精力。

"撤诉，做梦吧你们！"

邵彬随五叔去公司。邵彬说："完全是质量问题。官司打到哪里,世界王牌律师也打不赢。"

"有人说那洋楼出了质量问题我就明白哪里出了问题,因为不合格的材料都用在那堵墙面,那天下大雨,不适合施工,为了赶进度,我命令工人们施工,所以墙面会变形开裂。"五叔说。

"重新建筑那面墙需要多少钱?"

"能返工,但难度大,资金不会太大,问题在于返工有危险,需要非常小心细致。工作量大,要花掉建半座洋楼的时间。"五叔说。

邵彬递给五叔一支烟后说:"你是选择打官司赔偿还是直接私下谈判赔偿?"

"横竖我都得赔偿?"

"是这样。"

"输了官司不执行,他奈何?别人都这样。我打官司。"

"对我不利,这官司我打不赢。倒不是不输官司的律师才是好律师,是我时间上耗不起。"邵彬说。

"原来你是想撤退,见五叔不救。"

"结果其实都一样的,如果你主动返工,倒是个好结果。"

"我不干。你不出庭,我也不出,让法院判去。"干这么多年,五叔从孟文军这座小洋楼上获得的利润最高,他洋洋得意了一年,不想在这里出事了。五叔要保留这个纪录,因此不选择返工。

四

民间企业协会开会,轮到五叔发言时,五叔跑题说起林子被砍伐利益受侵害的事。五叔将手机里的照片、视频现场放给大家看。大家看后都很气愤，一位企业老板气得拍桌子。"我们都不能自保利益，这还得了！"会员们抛开今天的议题，围绕五叔林子被砍伐展开讨论。电力系统里有企业协会会员，但是他们大都做小型水电站，管不了 MG 电力公司。谁能管 MG？市里有个官方管理的企业家协会，可以监督 MG 电力公司。大家出主意让五叔把材料递给官方企业家协会。会议到结束也没回到原定的议题上。"别怕，老邵，我们支持你！"

五叔告诉邵彬，企业协会会议上，全体人员讨伐 MG 电力。邵彬说："好啊，你录音录像了没有？"五叔忽略了。邵彬说："你从来就不懂抓证据。"但是不久，五叔搞到了现场视频和照片。与会的好几个人拿出手机拍了照片和视频。五叔传给邵彬，邵彬说："你可以用这个给 MG 施压。"

"你是我的全权代理，不能我去呀！"五叔说。

"你真把我当亲儿子了！"

"比亲儿子还亲。五叔的事当然就是你的事。"

最后五叔还是与邵彬一起去找 MG 电力公司的人。五叔气势汹汹，门卫询问他干什么的，五叔拨开门卫的手冲进去，邵彬紧随其后。一楼电梯处写着各科室办公位置。MG 电力是省级公司，市里是个分公司，管县乡镇。老总在哪个办公室？邵彬示意五叔上电梯再说，门卫已经叫来了两个保安拦截。关掉电梯门，邵彬按倒数第二高那层楼。"你不要乱按！"五叔说。邵彬猜测领导是在倒数第二高那层办公，顶楼一般是会议室。邵彬判断没错，虽然没有门牌，他一猜那人就是 MG 电力的老总。

老总板着脸看着邵彬叔侄俩进来。

"赔偿，赔偿！"五叔冲到老总面前，挥着拳头。

"你们要干什么?"

"我们的树林被你们砍了,损失惨重,利益受到严重侵害。"邵彬说。

这件事老总有所耳闻,见五叔太猛,老总不愿吃眼前亏,他笑着让五叔、邵彬坐。老总递过来香烟,吩咐秘书倒茶。不多时,建设部的蒋部长应约上来。蒋部长负责指挥线路建设,他那天虽然没到现场,但对事情的经过一清二楚。

"我们是砍伐了,但我们依法。《电力法》有规定。"蒋部长说。

"《电力法》不是电力系统的,是面对全国人民的。砍人家树赔人家钱,天经地义。我是律师,我比你懂法。"邵彬说。

"我们手下的早跟邵老伯讲过了,我们没有违法,也没有赔偿的义务。"

"那是你们损害老百姓利益惯了,蛮横惯了嘛。"邵彬说,"动不动拿《电力法》来吓人,还断章取义,拿老百姓当傻瓜。"

"不服,你可以往上级部门投诉嘛。"

"上级?不瞒你说,材料我直接寄给了省总公司的老总。但是,我早就知道根本没用的。只是告诉他,我们要跟你们打官司。"

"打官司好了,上门来干什么?法庭见呀。"老总恢复了凶巴巴的语气。

"打官司是很简单的事,官司一打,你们绝对输。明摆着的。"邵彬说,"我作为律师倒是劝你们双方调解,内部解决,把矛盾处理在萌芽状态。"

"我是企业家,企业就在本城区,你欺负到我头上来了?胆子好肥啊!"五叔时刻不忘自己的身份。

"哟哟哟，看你把我吓得！我也是小学毕了业的，你吓不了我。"老总哼哼说。

五叔打开企业协会上会员们的讨伐视频："你可以得罪我一个企业家，但得罪得起全体企业家吗？"

邵彬说："我五叔的企业可不一样，他有一个建筑公司，公司里都是抡工具的。"

五叔说："他们本来要来，被我拦下了，我想MG公司不是流氓公司，是讲道理的。"

"这样吧，大家都不要激动，我们好好商讨一下。"老总说。

商讨没什么结果，MG坚持说没有错不赔偿，可以接受打官司。

邵彬曾担任过本市《晨报》三年法律顾问，代理过好几起官司，最终都打赢了。邵彬还是不想进入法律程序，那样，他得付出许多精力。他找出名片，找到曾经的社长。老社长退休了，他给邵彬提供新社长的电话。新社长姓刘，那时候刘社长还是副总编。通话后，刘社长对邵彬还有印象。闲扯一阵，邵彬说明意图。刘社长答应让记者对五叔林子被砍伐进行调查采访。刘社长当场转给总编，总编转给社会新闻部主任，主任又安排了首席记者陶永喜。

接到上级领导指派的任务，陶记者立即联系了邵彬。邵彬安排了一个茶馆请陶记者。陶记者复制了邵彬提供的照片视频资料，还详细了解了《电力法》的核心内容，当即想到了报道的标题《电力法到底是谁的法？》。邵彬认为这个标题不错。陶记者说可以搞个系列报道，先是五叔受害情况，接着是报道读者的反响，然后看处理结果，无论怎么处理都有文章可做，要是不处理，继续追踪报道。

"你是个极富经验的记者。"邵彬表扬说。

"那是,不然我首席记者的头衔就是白戴了。"陶记者得意扬扬地说。

邵彬上回帮人打官司,对方送了礼券,是一家饭店的消费券,他转送给陶记者。陶记者不要,说:"我们有纪律,不能接受任何财物的。邵老师你这是害我。"陶记者又说,"吃了你的茶点我已经违反了纪律。"

"你也太认真了点。拿着吧,没事。"

"不要,真不要。"陶记者起身说,"事件经过我全清楚了,回头我去采访你叔,到现场看看,仔细调查。"

陶记者离开后,邵彬一个人在茶馆里坐了好一会儿,想了许多事,他难得这么静下心来想事。

五叔应约在公司里等着陶记者。五叔已经订好午餐,陶记者不接受。还有一个小时才到饭点,采访五叔来得及。五叔详细讲述林子的起源发展,讲他如何精心培育树林,杉树长得笔直高大,红豆杉枝繁叶茂,冬天红豆籽鲜红醉人。陶记者从没见过红豆杉籽,五叔让他看视频和照片。"好漂亮!"陶记者说。"可以生吃,有一点点糯,微微的甜。"五叔说,"最大功效是泡酒,世上最好的滋补品,滋阴壮阳,防治百病。我是没上市而已,不然光是卖红豆杉酒都够我全家一年的伙食。"

"你为什么不上市呢?这是多大的收入啊!"

"算算,MG电力公司砍伐我那么多红豆杉我的损失有多大?"

陶记者点头,他在笔记本上写着记着,将当场得到的灵感也写下来,并用录音笔将这些全部记录在案。陶记者给五叔拍照。五叔整了整衣服说:"照片要说明我是企业协会会员,企业家利益受到了极大的损害。"

到了饭点,陶记者拒绝去饭店吃,他到附近吃快餐。五叔说:"你这个记者太敬业了,思想品德太好了。希望你把今天拒绝吃请的光辉事迹也写进文章里。"

"哪有自己表扬自己的。"陶记者说,"在报上说自己不接受吃请,读者会笑话。哈哈哈。"

五叔也买了快餐,坐下来与陶记者一起吃。"这个世界上坏人真多啊。"五叔感叹说。

陶记者笑了笑,只顾吃饭,不愿与五叔深入讨论这个话题。

"陶记者你见多识广,感触比我深。"五叔说。

陶记者摇头,谦虚说:"哪里。你是老江湖,你更懂。"

吃了饭五叔带路去林子被砍伐现场。树木仍然躺在地上,横七竖八地的。陶记者看了说:"太惨了。"

"可不是嘛。"五叔哭起来。

"邵老伯你也不要悲伤,他们会得到惩罚的。"

陶记者拍了照片和视频,伤心哭泣的邵将锋也被纳入镜头。现场采访结束,陶记者要返回。五叔塞给他矿泉水瓶装的红豆杉籽泡酒,陶记者不要,一定要的话就给钱。陶记者掏出三百元,说:"这钱可能不够,就算你优惠我吧。"五叔把钱甩回去:"你帮我出这么大力,哪能要你的钱。"

"我这是工作,伸张正义,不应该收取任何报酬。收你的钱财,我就违反纪律了。"陶记者把钱丢出车窗,踩上油门把车开走了。

"我会在企业协会大会上表扬你的!"五叔向陶记者的车挥手。

陶记者径直去了 MG 电力公司，进门前他向门卫亮出记者证。门卫拿过记者证仔细辨认。"在中国记者网上可以查到我。"陶记者提示说。门卫没有电脑，只有监控显示器，他打电话给办公室。办公室查到了陶记者的信息，来电话说："陶记者有何贵干？上来吧。"

办公室接待陶记者，知道来意，办公室叫建设部的蒋部长过来应付。"他们能量挺大的嘛，把大记者请来了。"

"我们三部热线电话 24 小时都响着。"

蒋部长没有隐瞒砍伐五叔树木的事实，但他坚持说征得过五叔本人的同意，再说他们是按照《电力法》规定做的。陶记者说："你们说征得邵将锋同意，有证据吗？比如录音、视频或者协议。"

蒋部长说："哪用得着那些。我们正常施工，不需要什么协议，又不是拆迁。"

"我去过现场，场景很惨。特别是那些珍贵的红豆杉，你见过那么一大片成林的红豆杉吗？"陶记者说。

"我得到的汇报说是杉树，没有红豆杉，哪里冒出红豆杉来？"蒋部长说。

陶记者给蒋部长看视频，蒋部长看后没有吃惊，因为他早晓得砍的树中有红豆杉，最初他的确不知道，是五叔找他理论后他才知道的。他不示弱地说："哪怕就是金山，挡了电线的路也得推掉。因为树枝，那村子出过多次停电事故。风一吹，树枝一摇摆，就把电线搞断了，给检修带来了很大障碍。"

"为了供电需要，你们做得也没错，但是损坏了人家的经济林就得赔偿。"

"我听你的口气，你不是记者，倒是个说客，偏向邵方的说客。"蒋部长说。

"我也没站在哪一方,我是站在公理上。我刚才说了,你们工作需要可以砍伐,但必须与当事人友好协商,必须做出相应赔偿。这样才是真正的公平。放心,我写文章只写你们双方的观点,你们摆出的事实,不掺杂任何我的观点倾向。聪明的读者一看就明白谁是谁非。"陶记者说。

"在电力系统,几乎没有赔偿的先例,我们不能破这个例。再说,我们有《电力法》。"

"你们不要动不动就拿《电力法》说事!"

"动不动就要求赔偿,我们电力部门还活不活了?"

"我也不跟你争论,你们的观点我也基本清楚,如果你觉得没讲清楚,可以再讲一遍。"

"我们的观点,第一,没有错;第二,如果有错请参考第一。"

五

当原告有主动权,想什么时候起诉都可以,但当被告就被动了。传票一到,你得按时"赴约"。上回邵彬跟五叔对孟文军实施威胁并没起作用,孟文军没有撤诉。邵彬问五叔还需要不需要再威胁一次?五叔说需要。但是怎么威胁,两人都没有好办法。

邵彬安排了一个饭局请孟文军参加。孟文军一个人赴宴,但他的手下在附近。孟文军来城里奋斗这么些年,各方面的朋友都有,但他肯定玩不过五叔。五叔说白了就是一鲁莽之人,再怎么包装也掩盖不了他黑暗的心。五叔公司人多,工人们都是跟随他多年的人。孟文军想协商着来，打官司也是一种协商，并不是打官司就是枪对着枪刀对着刀。因此，孟文军赴约。

饭局在一家高档饭店，作为"铁公鸡"的邵彬当然不会掏腰包，有个客户答应为他买单。邵彬站起来跟孟文军握手："感谢孟总赏脸。"

席中有三五个邵彬的朋友，酒桌上谈笑风生，邵彬与孟文军频频碰杯。饭局结束，孟文军安排大家去他的洗浴城洗桑拿，大家都不去，出了酒店就相互握手散了。邵彬应邀去洗浴。

"要是我们没有那场官司，可以成为好朋友。"孟文军说。

"这场官司能影响我们兄弟感情？"

"也是哈，官司归官司，兄弟归兄弟。"

邵彬说："这段时间我五叔吃不好睡不香，他说你冤枉他，他对建你的房子尽心尽力，真想不到会出现质量问题。他搞建筑几十年第一次出现这种情况。"

孟文军还算冷静，说："那是因为他第一次碰上不用监督，完全自由建造的。"

"不对，五叔碰到像你这样信任他的客户好多回了。五叔说，哪天他把心掏给你看看，让你看看他的良心。"

"谁愿发生这样的事呢？我不也是没办法嘛。损失30多万并不会让我倾家荡产，但这也是血汗钱，关键在一个'理'字。"

车上沉默好一会。邵彬说："其实我并不想洗浴，就是想跟兄弟你说说话，掏掏心窝子。"

"好啊，我们兄弟俩喝喝茶。"

两人进了孟文军的办公室。孟文军泡好茶，两人慢慢喝着。"我还是那句话，希望兄弟撤诉。"邵彬说，"我打了半辈子官司，什么官司都经历过。打官司并不能捞到好处。"

"我没地方说理嘛，不打官司又能怎么样？"

"双方再协商。我代表五叔跟你谈。"

"我交给你五叔30多万，都是提前打的款，他却给我建一座危房，这也未免太令人痛心。"

"我五叔不是那样的人，一定有别的原因。你考虑过地质结构吗？考虑过人为因素吗？我是说，你保证没村里人去搞破坏？你在城里发达了，引起他们的忌恨。"

"我倒没往这方面想。不过，村里人不会这么干，同族同根的，谁会做这种缺德事。"

"如果是那样，谁会破坏我的房子呢？"孟文军自言自语。

"这事不急，你可以慢慢调查，但我希望你尽快撤诉，等调查清楚，觉得是质量问题，再起诉也不迟。不过，你撤诉不撤诉我们都能成为好朋友，你以后惹上官司，我会全力为你服务。"

晚上十一点，邵彬与孟文军告别。喝了几壶茶，邵彬酒醒了许多，酒是好酒，茶是好茶，脑袋并不难受。邵彬婉拒孟文军司机开车送，他自己打的回家。五叔似乎有双眼睛盯着他似的，邵彬刚进家门，五叔电话就来了。邵彬告诉五叔，晚上跟孟文军谈得很好，他有可能撤诉。"有本事他别撤啊，怕了吧？"五叔说。

邵彬讨厌五叔的言行，淡淡地说："撤诉并不等于不要求你赔偿。只是将在法庭上协商的事拿到私下协商而已。"

"跟他谈？我呸！我一分钱都不会给他。"

"你不给可以，有本事让他闭嘴才行。"

"我当然有办法，我打掉他下巴他就闭嘴了。"

"五叔，你企业家白当了，怎么老是没有进步，还像泼妇一样。当初为了你，我费了多少心血？"

"说我？你也文明不到哪里去。你的流氓行为跟我不一样而已。我是老流氓，你是小流氓，我们家就爱出流氓。"

"五叔，你还是跟他谈谈，赔他些钱，或者你返工。人不能太没节操。"

"我不赔钱不返工，除非他付返工钱。"

那晚邵彬的一席话起了作用，孟文军第三天撤了诉，他在规定时间内撤诉后，法院就撤销了这桩案子。邵彬给孟文军打电话表示感谢，希望再请他吃餐饭。孟文军没心思吃饭，那栋洋楼有他美好的愿望，突然成了危房，他受不了，这不光是钱的因素。说实话除了那堵危墙，洋楼还是相当不错的，设计好，造型美观。"别担心，总会解决的。"邵彬安慰孟文军说。

五叔要流氓，邵彬没办法。在这点上邵彬觉得五叔做得过分，想起他欠邵强工钱十多年不付，觉得五叔真不是个人。"你不赔偿孟文军，总得让他心服口服，不能说打掉下巴之类的话。"邵彬还是做五叔的工作，希望这事能彻底了结，事情不了，邵彬就得永远背着。五叔说："能有什么办法？我知道那肯定是质量问题，但是我拿什么来证明不是质量问题呢？你别以为只你一个人操心，我没一天不想这个事。我一天要想三个事，邵强侵占我的土地，MG电力公司砍伐我的树，孟文军要求赔偿。我太不容易了，我又没三个脑袋三条身子。"

听了邵彬的劝，五叔还是去长方村查看孟文军的房子了。十几栋新洋楼在离村子三四百米处竖立，每个人在自己的土地上建房，没有整体规划，显得凌乱。但这种凌乱也有它的美，在高远处俯视，气势很好。将来这里就是一个新村。洋楼都空着，都还是毛坯房。邵彬的小车不用进村就能看到新楼群。五叔扫视楼群，小声地说："看，多漂亮。哪有什么质量问题？孟文军无中生有嘛。"

邵彬停好车，跟上来。村里没什么人，都到城里做工去了。有的是白天出去，晚上回来，有的长期待在城里。邵彬跟五叔走在新村道上没碰上一个人，老村那边也没声音传过来。五叔对他亲自指挥建造的民房摸着看着笑着："看看，多好！"邵彬说："马屎表面光，里面是包糠。"

"你真不像我的亲侄儿。我怀疑你和邵强都不是你爹妈生的，捡来的。"

来到孟文军的危房后，五叔看了看裂缝和扭曲的墙壁。"他娘的，这也太不争气了吧，我也没少用好材料啊。就算那材料是次品，也不至于次到这个程度。"五叔说。

"看到这个场面，你有什么感想？"邵彬说。

"感想大了，孟文军活该！谁让他挣那么多钱，就应该扶我的贫。谁让他那么信任我，后果必须自负。"

有个上年纪的村民从前方走来，那人的儿子也让五叔建过房，他认识五叔。"邵师傅好！"来人说。"你也好啊！"五叔上前握住来人的手。

"孟文军建房不守规矩，所以出了问题。"来人说。

"对对对，为什么唯独他的房子出问题？群众的眼睛是雪亮的。"五叔说。

"他是不守规矩，但是你更不守规矩。"来人指着五叔说，"不守规矩最多出现不吉利现象，不会出现墙开裂！你还好意思来看房子，你必须赔偿孟文军双倍的钱。"

"你老糊涂了,我不跟你说话。我跟事实说话。"五叔围绕屋子走了一圈,然后推大门,大门是虚掩的,一推,开了。五叔从一楼看到三楼。邵彬跟在后面说:"你敢进来,也不怕房子突然倒塌?"

回来的路上,五叔闭眼睛坐着,他在想心事。邵彬边开车边用车载蓝牙给孟文军打电话:"五叔看了你的房,心痛得又哭了。"五叔听到后,睁开眼睛,咧开嘴笑。孟文军倒是大哭起来。孟文军还是个感情丰富的人。邵彬心里想,感情丰富的人不会太坏,最多心眼多而已。

五叔跟儿子商量如何面对孟文军。儿子说:"有个办法可行,不知道你老人家敢不敢实施。"

"什么办法?"

儿子拿来一个废旧手机甩在地板上。

五叔问:"炸了它?"

儿子说:"不是,是破坏它。"

公司那台小型挖掘机从工地上撤离,父子俩开着它向长方村进发。村里照例见不到人。五叔观察好后,儿子开着挖掘机向孟文军的房子撞过去,砰的一声闷响。挖掘机退后一步,五叔观察后说:"还可以再来一下。"儿子又短促地碰了一下墙柱子。"好。"五叔说。

父子俩迅速逃离现场。村里人太少了,他们对进出的人都不敏感。新村是空村,平常鬼都没一个。五叔抓住了这个机会。他们用挖掘机撞击墙柱子,墙面受到挤压自然会开裂扭曲。儿子用力适当,制造出人为撞击墙壁的现象。

五叔告诉邵彬:"问题解决了。"

邵彬说:"你答应赔孟文军多少?"

"我又没错,赔什么?那墙不是我的建筑质量问题,是有人撞击柱子,墙面受挤压造成了开裂扭曲。"

"我们以前为什么没发现?"

"你能发现得了吗?事情刚发生么。哈哈哈。"

"五叔,你做得过分了……虽然这事我早就想过。"

邵彬对五叔不满,却也不能出卖五叔。洋楼经过几天的日晒雨淋后,邵彬转告孟文军:"我五叔有了一个重大发现,你家洋楼是被人为破坏的,柱子受到强力撞击后造成墙壁开裂扭曲。"

孟文军说:"我以前怎么没发现?"

"以前你只注意裂纹,没仔细检查别的地方。"邵彬说。

孟文军将信将疑地回到长方村,按邵彬的提示,他看到了撞击的痕迹。"报警吧。"邵彬说。孟文军说要想想,如果真是人为破坏,那一定是村里人干的,要是查出来是自己的近亲,大家都尴尬。他不愿跟亲人结仇,他想缓一缓,想一想。

"看来,真不是五叔的责任。"邵彬说。

"那可不一定。我仍然没有完全相信不是建筑质量问题。"

事情虽没有解决,但可以缓口气了。前几天还感叹五叔手段恶劣,今天,邵彬就不再想这件事了。没人提示,他很快就忘记了。

六

陶记者一口气写下三千字的报道,配发照片后,准备做一个整版。陶记者是首席记者,他以深度报道闻名,他大部分深度报道都有很大反响。稿子写成后他传给邵彬看。陶记者从没有传稿子给当事人看的习惯,这次也是心血来潮。邵彬看后受感动,这文章写到他心里去了,但是他很平静地对陶记者说:"谢谢,辛苦了。你是少有的良心记者。改天我请你吃饭。"陶记者不在乎别人表扬不表扬,什么文章好什么文章一般,他十分清楚。他这篇文章文字背后充满了对五叔的同情,对 MG 电力公司的不满。因为有潜在文字背后的引导,相信读者读了文章会倾向于五叔的。

五叔得到报道写好快要见报的消息后,高兴地说:"看 MG 电力往哪里逃!"叔侄俩天天关注《晨报》,好几天过去,文章并没见报。邵彬问陶记者怎么了?陶记者说;"你没看报吗?看了,怎么不明白?"

邵彬重新翻看近几天的报纸,没找到相关报道,倒是看到 MG 电力公司两个大专版。陶记者告诉邵彬,问题就出在 MG 电力的专版上。

这座城市还有另外的报纸,MG 电力都去做了专版宣传。

五叔还在热盼报道见报。他给每个有联系的企业协会会员和朋友都说了,让他们好好关注近期的《晨报》。他在公司里召开三次全体会议,要求这几天人人买《晨报》,人人向亲友路人宣传陶记者的报道。五叔久等不见报道,问邵彬,邵彬说:"我们输了。"

陶记者不服气,他抽了个空闲时间去 MG 电力公司,老总热情地接待了他。"我们公司的形象在贵报展示后,效果特别好。我们的管理人性化、经济效益、社会效益已深入人心,这两天又有好几个乡镇决定改用我们的电。我们公司的事业蒸蒸日上。"

"第一回合,你赢了。"陶记者说。

"你还有第二回合？"

"当然有。"

"你说说看。"

"做人要厚道。"

"别给我说电影台词。"

"你们的良心安吗？"陶记者说，"我们退一步说，你砍伐老邵挡高压线的树木有理，但那些挡不了电线的树木你们不该砍。你们砍得太多了，那些无辜的树木你们必须赔偿。"

"从照片和视频看，砍得确实多了些。"老总说，"我在大会上已经批评建设部了。他们解释说，砍伐那天他们都很兴奋，一兴奋就砍多了。就像喝酒，兴致来了，多喝了几杯，喝醉了。哈哈哈。"

"你的比喻太不恰当。酒不是树，不是老百姓的经济作物。"

"事情就这样了，你们爱咋咋的。"

陶记者将报道和采访材料寄给MG电力公司省城总部，两天后对方答复说："这个事不归我们管，请找相关部门。"陶记者问怎么联系相关部门？对方再没有回答。

"我们怎么办？"五叔召开全公司会议，职工们低头不语。五叔说："没一个有血性的，因为你们的利益没受到侵害？错了，我的利益就是大家的利益，你们不能再麻木了！"

动员会动员不了谁。"MG电力太欺负人了……"五叔身子往椅子上靠，仰头闭上眼睛。会场鸦雀无声，几分钟后，儿子走出会场，职工们都走出了会场。儿子咬牙切齿，职工们也咬牙切齿。

他们在场外议论，痛骂MG电力。有个小伙子冲回会场对五叔说："邵总，我去宰了他！"五叔从椅子上跳起来，说："你疯了？！不许去，一个也不许去！"

"那我们怎么办？就这样忍气吞声吗？"

五叔只能狂拍桌子。

五叔儿子给邵彬打电话："大哥，怎么办？我爸疯了！"

"别着急，疯不了。让他疯一阵吧，过后就冷静了。你爸不是一个受不了打击的人。"

邵彬将诉状递交到法院，法院受理了。MG电力公司请律师应对，一时没注意，也找到邵彬的律师事务所。邵彬大笑不止，得意地对同事说："本律师事务所名气真是大啊！"原告、被告的辩护律师都出自同一家事务所，是违规的。MG电力公司来的办事员很尴尬，给分管的副总回话说："我们还找不找律师？"

"当然找，这么大座城市就只有邵彬一家律所？只有他一个大牌律师？"副老总将办事员臭骂一通。

折腾半天还得回到起诉上，五叔埋怨邵彬办事不力，要是早走司法程序，赔偿早拿到手了。邵彬哼哼说："那你就等着瞧吧。"

MG电力找的辩护律师邵彬认识，这座城市的律师很多都是朋友，朋友归朋友，干活归干活，喝酒大碗大碗喝，辩护全心全意为当事人服务。全力辩护是律师的职业道德，也是安身立命之本。开庭前一晚，因为一个共同的事情，邵彬还跟对方律师吃饭喝酒来着。两人坐在一起，不知道怎么就谈到了明天的官司，邵彬说："你们肯定输。"

"那可不一定，电线架在前，树种在后。"对方律师说。

"高压线下允许种植。"

"但你挡了我的道。"

"你可以砍挡道的，没挡的，你砍了就得赔。"

"电锯下面不认人，战场上，子弹分不清敌我，谁挡了枪口，谁就死。"

两人提前进入了辩护，饭桌上的人多次阻止无效，主人将他两人隔开来，这才换了话题。

开庭时，MG电力公司的人一个也没参加，代理律师全权代理。五叔也没参加。法庭上就是两个代理律师和法官、陪审员等工作人员。

原告举证，邵彬让工作人员播放他提供的照片、视频。对方代理律师坚持他们的行为合理合法，工程实施适当。什么叫不适当，把林子砍光了才是不适当。从现在砍树范围来讲是适当的，砍得宽一些便于检修。邵彬反驳说："检修用得着那么宽吗？"对方说："当然用得着，检修线路有时要用到大型机械。"邵彬反驳说："那么要多大的机械？像轮船那么大吗？还是像航母一样大？"

两人打着嘴巴仗，因为没有原被告当事人在场，法庭就没那么多杂音，秩序井然。走完所有程序，法官宣布休庭，案子合议后择日宣判。

一周后，案子判下来，MG赔偿邵将锋600元。这钱是怎么算出来的？五叔费解。600元与20万，悬殊极大。五叔问邵彬这个代理是怎么代理的。邵彬说："我们赢了。不是光我们赢了，是所有的老百姓赢了，我们开创了让电力部门赔偿的先河。"

"神经病。"五叔骂道。

邵彬嘴上痛快，心里对此案也很不服气，看似官司赢了，其实五叔输得很惨，他的损失远远没得到赔偿。

陶记者鼻子灵，他得知了案子的最终审理结果。他第一个闪在脑中的词也是"法律赢了"，不管MG赔多少，都是对他们嚣张气焰的压制，让他们在以后工作中知道要收敛，别霸道，想不赔偿就得做好群众工作，就得避开对百姓的损害。

五叔提起上诉，邵彬劝他省省心。"就这样结束了？"五叔说。"不结束，你还想咋的？"邵彬说。判赔的600元，MG电力没有通知五叔去领，五叔也没想过去领。他担心控制不住情绪跟对方打架，五叔快六十了，打不过人家，要吃大亏。

"我同情你五叔，但是我只有同情的能力，别无他法。就算判MG赔你十万八万，执行起来也是令人闹心的。多少案子执行不下来，一拖再拖，拖上几年十几年，不了了之啊。你就当树林没被砍，就当那树你没栽吧。判成这样，倒是一个好的结果。"邵彬安慰说。

五叔捶胸顿足："我那杉树啊，红豆杉啊，痛我心啊。MG电力是畜生啊！"

"五叔，你现在能体会到孟文军的难受吗？"

"他活该！我损失这么大，孟文军再让我赔一分钱我跟他拼老命！"

七

孟文军通过朋友认识了懂建筑的朋友，孟文军向新朋友讨教洋楼开裂之事，他没忘提墙柱被撞击过。朋友初步判定是人为破坏，但要看看现场。孟文军拉上三四个朋友回村。村里死气沉沉的，只是离市区40公里的远郊，却是两重天地。"这一片楼房不错。"朋友们说。孟文军给大家散一圈烟后说："差不多都是同时间建的,以前是田地,小时候,这里是村里的良田佳地。"孟文军领着朋友直接去他的洋楼。柱子被撞击的痕迹算不上明显,但它挤压的墙面开裂比较明显。朋友们都是"半桶水",但他们一致判定,墙壁开裂是受重器撞击的结果。孟文军疑惑,为什么之前就没有发现呢?那天他围着洋楼走了一圈。关于是什么撞击的,朋友们意见不统一,有人猜测是用大铁锤敲击,有人说可能用夯土用的大石饼冲击,这两样工具村里都有。他们谁也想不到是五叔使用挖掘机撞击的,五叔指挥的挖掘机用力恰到好处。随后他们观看了别的小洋楼,那些洋楼没有什么质量问题。

"进村调查过吗?"一位朋友问。

孟文军说没有,他一次也没有,他害怕调查出结果。朋友劝说孟文军好好调查一下,不能轻易放过破坏者。"你们就没怀疑过建筑商吗?"孟文军提示朋友们。建筑商也有可能,那就是对孟文军有意见,如果没什么意见,人家不会撞击,那么多洋楼都没被撞击。"我怀疑建筑商偷工减料。"孟文军的怀疑,也有朋友赞成。"可以申请让建筑专家来分析。"孟文军摇头说:"算了,多麻烦。"

他们进村里,村里大部分家门锁着。孟文军见到一个老人,管对方叫麻子爷爷,那人辈分高。麻子爷爷说:"文军回来了?是看你的洋楼吗?那可太可惜了。"

"我怀疑有人破坏我的洋楼。"孟文军说。

"也有可能。你猜是谁呢?"麻子爷爷说。

孟文军猜不出是谁,他没得罪过谁,破坏者只有一种可能:妒忌。可村里发财的不止孟文军一个,好多发了财的。麻子爷爷给孟文军数了一遍建新楼的人,其中就有比他有钱的。"这人为什么妒忌我呢？没道理嘛。"

"你打算怎么办？"麻子爷爷说。

孟文军把手伸进头发里抓着，这房维修有很大难度，因为是砖混结构不是框架结构。"麻子爷爷，你没发现可疑人吗？"

"没有，有的话，我早制止了，也早告诉你了。"

说话时，围过来一些老年村民和孩子，大家坐下来分析了一下，当着孟文军的面都不说土地爷惩罚的事了，那是迷信，更是当时大家幸灾乐祸的话。

回到城里，孟文军老想房子的事。他有钱，可以推倒重建，但是心里有了阴影。他问邵彬怎么办？邵彬说："你不愿报警，考虑是对的，公安查出真凶，你就有了仇人。现在你不查他不捉他，他心里一定充满了愧疚，以后不会再给你使阴的了。这是人性。村里和谐更重要。就当炒股亏掉30万吧。"孟文军谢了邵彬："兄弟真的懂我，会安慰人。是我的好兄弟。"

五叔那里，孟文军不找他麻烦，他有精力去想老家那块地。邵强令他痛心。"我一定要把长在我土地上的洋楼平掉。"五叔说。邵彬开导说："你拖欠邵强十多年工钱，具体多少我不知道，但肯定不少。他占你的土地，正好抵消，好比是你把地卖给他了。这样两清。"五叔不同意，这是两回事。

"我明天回村里平邵强的房子。"五叔通知邵彬。

邵彬上午要开庭，没时间拦截五叔，他告诉邵强做好应对准备。邵强说："来吧，我已经等候着他了。"邵彬不能报警，一报警五叔就完蛋了。

五叔真回村了，带着儿子邵刚，邵刚开的车。他们出发晚，那时候邵彬已经开庭完毕，邵彬往村里赶，回到村里，还好，邵强的楼没有被平掉。邵刚跟邵强扭打在一起，互相揪着头发僵持，两人已经打得鼻青脸肿，嘴角鼻子在流血。村里的老人和小孩围着看热闹，人群中有起哄的声音。

"都给我放手！"五叔说，"邵强你放手！"

"不！"

"邵刚你放手！"

"不！"

"听到没有，邵强你放手！"

"邵刚放手我就放手！"

"听到没有，邵刚你放手！"

"邵强放手我就放手！"

两人进进退退，踢打不着对方便用口水侍候，两人身上沾满对方的口水。五叔在一边束手无策，急得直跳。

邵彬冲过去："都放手！五叔你抱住邵刚，我抱住邵强。"

"都放手。我喊一二三！"

两人扭打到了筋疲力尽，就着这个台阶松开对方的头发。邵彬把邵强抱到两米开外的地方放下，拦住他。邵强、邵刚嘴还硬，继续用嘴巴打架。

邵彬想起那天见到的两小孩互揪头发的场景，他不知道最后的结局是怎么样的，但是不管结局是什么，最后一定能被大人摆平。而对五叔碰到的这些事，尽管是律师，邵彬也一个没摆平。

邵彬叫邵强快去村医那里上药，邵强不去，他怒目瞪着邵刚。

"走，回城！"五叔凶狠地对邵刚说，他其实是对邵强吼叫。邵刚受伤不轻，他走路很吃力。父子俩经过邵彬、邵强身边，五叔停下来说："邵强，我跟你没完！"

"邵将锋,我跟你永远没完!"邵强说。

"邵刚,你别开车了,等上了药伤势好点再走。"邵彬敲五叔的车窗。五叔不会开车,只能让邵刚开。车窗没有摇下,小车拖着长长的声音向前跑去。

西去的合约

工作不好找，找好工作更难。滕清凉在迈斯公司招聘合约上写完自己的名字，顿感头晕、目眩、恶心，急忙跑到走廊外呕吐。只是干呕，什么也没吐出来。迈斯公司在桂城很有名，是每年应届毕业生争夺职位的热点。迈斯公司提供的这个职位，有五百人争抢，到第三轮公司还保留了五十名入围者。滕清凉不占绝对优势，面试完后几乎没抱希望。她自认为能进入五十强就已经很优秀了。两天后，当她将目光盯上另一家招聘单位时，迈斯公司人力资源部却来电话告诉她，她被录用了。滕清凉迷糊了半天才缓过来，相信好运真的降临到自己头上。这个职位有一个条件，就是需要到公司对口支援的西藏日喀则市一个偏远的县工作三年，三年后考核合格，才可以回公司正式上班。对一些求职者来说，到西藏工作是道难题，但公司开出的条件又特别优厚，所以竞争者很多。对于特别优秀的求职者，只会把这个职位当作一个备选，别处求职不成，才会考虑这个。滕清凉没有更好的备选，她各种条件一般，能进迈斯公司她已非常满足。

离四月份毕业论文答辩还有两个来月，她的论文已上交给指导老师，老师基本满意，不需要修改。除了论文答辩，学业上已无其他事。在最后的关头，她仍然需要像以前那样到处兼职挣学费和生活费。同学们各自忙碌，找工作或者疯狂玩。滕清凉打了两份工，一份在旅馆当服务员，一份在酒吧做招待。后者工作时间晚，但收入相对高。大学四年，大部分学费、生活费都是她自己挣的，父母指望不上，一个瘫痪，一个病弱，农村老家那点田地父母都对付不了。

在酒吧上班的这天晚上，经过同学赵瞄引见，滕清凉认识了刘凡奇。这家酒吧不太出名，滕清凉在这里兼职了差不多三年，第一次遇见同学来消费。赵瞄家在桂城本市，家里条件优越，滕清凉躲着她。赵瞄倒没有居高临下的毛病，对农村来的同学还算比较尊重。但赵瞄还是交不到关系要好的同学做朋友。同专业的同学，大多来自农村，来自城里的也不过是县城，与大都市里长大的赵瞄差距大，都躲着她。赵瞄有自知之明，她尊重同学的选择，自觉在专业外交朋友，或者在社会上发展朋友。

礼貌地跟刘凡奇见过面，坐了一会儿，滕清凉借口忙离开了。刘凡奇目光追随忙碌的滕清凉。赵瞄还带来另外几个朋友，他们大都是富家子弟，消费起来不眨眼。

滕清凉对刘凡奇没在意。刘凡奇接连三天来泡酒吧，酒吧老板对滕清凉说："那是个财神爷，他这几天都是冲你来的，还跟我说好话，要我对你好一点。"

滕清凉回答说："唐老板你一向对我不错。"

第四天，刘凡奇恳请唐老板给滕清凉放假，陪他泡酒吧。两人谈了条件，唐老板答应下来。坐在桌上消费，滕清凉不习惯，三年来，她第一次成为消费者。刘凡奇好酒但不贪杯，人干净清爽有礼貌，很有教养。关于她的情况，刘凡奇从赵瞄那里获得了许多。

聊天时，刘凡奇不经意地介绍自己。他今年研究生毕业，不用找工作，直接进父亲的清莲公司。那是家制药公司，滕清凉听说过，也是响当当的私企。滕清凉学的是通信工程，专业不对口，没办法参加清莲公司的招聘。经过这一次的长谈，滕清凉对刘凡奇印象良好。第六感告诉她，刘凡奇喜欢上了她。果不其然，接下来，刘凡奇对她展开一拨紧似一拨的进攻。一个月后，滕清凉的心被他捕获，发自内心地愿意做他的女朋友。

幸福来时，躲都躲不掉。毕业季，工作、爱情双丰收，论文答辩也顺利过关，坐等拿毕业证了。

刘凡奇带滕清凉回家，刘家隆重欢迎，在大饭店宴请至亲。他们对滕清凉全都认可。刘凡奇母亲还给了滕清凉三千元的大红包。滕清凉推不掉，然后用微信转回给刘凡奇。他说："你多少要点嘛，给我老妈面子。"他给她转回来六百六十六元。她欣然收下。

滕清凉带刘凡奇回农村老家，那是离桂城一百八十公里的偏远农村。村里通了水泥公路，一栋栋无人居住的洋楼矗立在村里。刘凡奇开着车，农村人不识豪车，只要是开车的人，在他们眼里都是有钱人。滕家只有父母，姐姐和弟弟还在学校。姐姐比滕清凉大两岁，弟弟比她小两岁。姐姐高考三次才考上大学，与弟弟是同一届的大学生。三个孩子同时上大学，给这个贫困的家庭带来前所未有的困难。今年滕清凉大学毕业，家里经济压力才有所缓解。但三个孩子上学的贷款，是一笔很大的数目。滕清凉家是国家登记在册的贫困户，县水电局郑局长是帮扶干部。扶贫干部尽心尽力，但滕家缺劳力，无法靠种养脱贫，眼下都是靠国家各种补助解决温饱。凑巧郑局长下户，郑局长就当起男主人招待刘凡奇。"能与著名企业董事长的儿子交朋友，滕家祖坟冒青烟了。"郑局长笑呵呵地说。更何况刘凡奇不是纨绔子弟，躺在床上的滕家父亲听了，笑得口水长流。

对于刘凡奇，她父母没什么意见。能有什么意见呢？女儿大了，她做主。

离毕业的日子越来越近，刘凡奇、滕清凉面临滕清凉要去西藏工作的现实问题。

"这不是问题。"刘凡奇说，"与迈斯公司解除合约就是了。"

滕清凉不同意。

"我们付迈斯公司违约金。"刘凡奇说。

滕清凉不同意。

"你希望到西藏工作,寻找灵魂?"刘凡奇问。

"那里高原缺氧,其实我想起来有些害怕。"滕清凉说。

"那为什么坚持呢?"刘凡奇问。

"我签了合约,不能违反。"滕清凉说。

"每年有多少撕毁合约的毕业生,你只是其中之一。"刘凡奇说。

"人家是人家,我是我,我没有充分的理由违约。"滕清凉说。

"你是想成为典型,上报、上电视吗?"刘凡奇开玩笑说。

"我不想成典型,如果他们要树典型,我也管不着。"滕清凉说,"但是他们想树典型树不着,我只是代表迈斯公司完成援藏任务,这是他们必须完成的工作。"

两人再到刘凡奇父母家。刘凡奇的父亲已经开口,滕清凉可以在清莲公司挑选任何工作,只要她自己认为干得来的,选择不上班也行,刘家养得起她。滕清凉说:"要是认识刘凡奇在前就好了,可是合约已经签了呢。"

"你知道西藏条件的艰苦吗?"刘凡奇母亲问。

"知道。"滕清凉回答。

"你知道一个女孩子在西藏工作,会有多艰难吗?"

"知道。"

"你听说过你们学校魏教授第二次援藏时,突然在拉萨机场去世的事件吗?"

"听说过。我害怕去西藏,"滕清凉说,"但我必须去西藏,因为我有合约在身。"

都是著名企业家,刘凡奇父亲自然认识迈斯公司的华董事长。刘凡奇父亲约华董事长喝茶,明确说明此次聚会目的。

"就不要违约了吧?"华董事长说,"对我们公司而言,滕清凉难得。你知道,我们公司援藏任务重,好不容易选到一个各方面都不错的援藏人员。再说,日喀则那边点名要个女大学生呢。"

"请华董高抬贵手,帮帮忙。"刘凡奇父亲说。

"第一,我不同意解约,希望你们别劝她;第二,如果滕清凉自行违约,我们公司毫无办法,能做的事只有索赔一万元违约金。"华董事长说。

"我希望此事不影响我们的朋友关系。"刘凡奇父亲赔着笑脸说。

刘凡奇给滕清凉传了话。滕清凉能理解他父亲的行为,当即打电话感谢他父亲。刘凡奇父亲高兴地说:"刘凡奇眼光就是好。"

滕清凉踏入迈斯公司。她第一回进公司,那次紧张难忘的招聘是在外面进行的。华董事长听说滕清凉求见,中断会议,专门接待她。

招聘最后一关,华董事长在场,只有这个职位,他亲自拍板。当时紧张的滕清凉没看清台上面试官的脸,每一个台上的人面目都是模糊的。因此现在见到华董事长,就是个陌生人。

"你是来交违约金的吗?"华董事长笑着问,"哦,不对,还没到报到时间,逾期不报到才算违约。"

"你怎么看?"滕清凉问华董事长。

"我希望你成为我们公司的员工。"华董事长说,"你是五百里挑一，我亲自参与挑选出来的。我不希望我们的工作白费。"

"要是没有非去西藏工作这个条件限制，我恐怕得不到这个高薪的职位，也就不可能有将来在公司的发展，比我优秀的应聘者有很多。"滕清凉说。

"的确是这样。"华董事长说，"但是，并不是每一个人想去西藏工作就去得了的。"

"我对去西藏工作好奇又害怕，如果我有其他选择，也许不会签这个合约。"滕清凉说。

"我明白你的意思，也理解你的处境。你是个真实的人。"华董事长说。

从迈斯公司出来不久，滕清凉接到母亲的电话，母亲、父亲到桂城了。"你们怎么到了桂华园小区？"这个小区离学校不太远，滕清凉知道。滕清凉赶到桂华园小区七栋一单元十一楼一号房，父母在那里，刘凡奇也在。

"从今往后，伯父、伯母就住这里了，你也住这里了。"刘凡奇说，"别奇怪，这是我们家的一套空置房。"

"小刘还说了，等你姐、你弟明年大学毕业，都帮忙安排好工作。"滕清凉母亲说。

"我们欠的贷款、借的私款，小刘都还清了。"躺在移动床上的父亲接过话。

"你做得太多了。"滕清凉叫刘凡奇到一边说。

"我有责任为你扫清所有障碍，解除所有后顾之忧。"刘凡奇说。

"你在逼我，你是断我后路。"滕清凉说。

两人在房间小吵起来。刘凡奇有委屈，滕清凉也有委屈。刘凡奇做得没错，可滕清凉就是堵得慌。吵着吵着，滕清凉哭起来。她第一次在刘凡奇面前哭。刘凡奇认为她没有理由哭，应该笑，应该感动才对，她还哭，刘凡奇被彻底激怒了。刘凡奇甩门走了。

屋里所有设施都是新的。前两天，刘凡奇的母亲参与房间的布置，从选择床、床上用品到铺设，她全程参与。一切看上去很温馨，可在滕清凉眼里一切又是冷冰冰的。

"今天晚了，明天我送你们回去。"滕清凉对父母说，"房子不是我的，这里的所有东西都是别人的。"

第二天，滕清凉联系了好久，终于找到来自老家的一个务工人员。他有一辆人货混装的车，他愿意送滕清凉父母回老家。女儿如此执拗，父母感觉到自己步子迈得太快，太把刘凡奇当女婿了，实际上还差得远呢。父母脑子逐渐清醒。父母想，只有回到自己的穷窝，才过得踏实。滕清凉跟车回去，一路上父母欲言又止。"以后，没有我的安排，或者姐姐、弟弟的安排，谁的话也不要听。"滕清凉告诫父母。

开车的老乡心眼好，他不收滕清凉的车费，油费过路费也不收。他说他趁机回老家看看。他说谎，因为他前天才回过老家。他在桂城混得还不错，买了商品房，把父母也接到城里生活。他父母受不了城市的喧闹，每次来，住不了多久。"农村老家才适合我们，属于我们。"他父母嘴上时常这样说。

帮扶干部郑局长到村委办事，见到他人影，滕清凉叫停车，跳下来过去打招呼。郑局长说："你们怎么回来了？发生了什么事？"滕清凉说："什么事也没发生。昨天我父母就不该去桂城。"

"决定长住老家？"郑局长问。

"决定了。至少三年内都在老家。"滕清凉说。

"我还以为我的扶贫工作轻松了呢。"郑局长自嘲地笑笑说,"还没嫁人,就享受媳妇的待遇,步子的确迈得太大了点,你做得对。"

"问题不全在这里。"滕清凉说,"我的工作签在迈斯公司,但要援藏三年。刘凡奇反对我援藏,要我解除合约,所有损失都帮我承担。"

"刘凡奇都是为了你,当然也是为了他自己。"郑局长说,"援藏是大事,你不去我不去,对不起西藏人民。"

滕清凉捋一捋头上的乱发说:"问题也不全在这里。援藏干部多如牛毛,热心援藏的人也多如牛毛,不差我一个。问题在于,我已答应迈斯公司,签了字,不能反悔。"

"这个问题你和刘凡奇都对,每个人站的角度不同嘛,我不作评价。"郑局长说,"既然你父母回来了,我仍然会按照扶贫工作标准执行。"

离开村委,回到车上,滕清凉父亲说话了:"你跟郑局长说话,我听清楚了。你做得对,答应的事情不能改。"

"好好跟刘凡奇解释,他是个不错的小伙子。"滕清凉母亲说。

"事实上,他全家对我都不错呢。"滕清凉说。

"三年。"开车的老乡插话,"西藏。够久的。等你从高原回来,人都变形了。如果我是你,我就毁约。合约算什么?太认真你就输了。也许你赢得了声誉,但你牺牲了青春啊,错过了好姻缘啊。"

"你不懂的,我们不讨论。"滕清凉笑着说。

"我的确不懂,很不懂。"开车的老乡摇摇头,他加大了油门。

村里人听说滕家父母回来了，都过来看热闹。昨天才离开，昨天离开得很坚决呢，所以成为新闻。家里养的九只鸡昨天送人了，猫和狗送人了，还没收获的庄稼也拿来抵债。现在尴尬又被动。但是村里人善良，等到弄清原因，都还回来。用来抵债的庄稼也被送回来。那人是滕清凉的一个堂伯，他捧来一个西瓜。他借给滕清凉家一万三千元。昨天地里的庄稼折价六千元，另外七千元，刘凡奇当场转了账还清。

　　"庄稼我还回来，还的欠款我也还你。你继续欠吧。"堂伯对滕清凉父亲说，"你家是贫困户，允许你们继续欠，村里别的人不行。"堂伯笑着看旁边的老六。老六欠堂伯五千元，一直不主动还，堂伯趁机敲打老六。堂伯家里经济搞得好，一儿一女大学毕业后又在城里工作，家庭条件是附近一带最好的。堂伯种豆角、种辣椒、种药材、养鱼，一年收入三四十万元。都说他家有钱，所以都爱来借钱，借了钱就找各种借口不还。现在堂伯不随便借钱了。"你到城里生活吧，不要生活在村里了。要生活在村里也行，你每年少种植经济作物，能满足基本生活就行。做个穷人或者普通人你们的生活就清静了。"堂伯儿女劝他。堂伯听不进，他觉得没有这样的道理，他能做，他把事业做大了，身体条件又允许，怎么能停下呢？他的豆角、辣椒、药材做成了产业，每天都有固定老板上门收购，村里人、附近村的人都被带动起来。其实许多人都受益呢。要是他停下，这个产业可能就会萎缩，影响全局。有人明白，有人根本无法理解。

　　滕家不只是欠堂伯一个人的，还欠好几个人的，还有扶贫贷款、助学贷款，累加起来好大一笔呢。昨天刘凡奇都帮他们清了零。他背后的这些快速行动并没有换来滕清凉的惊喜和真心感动。堂伯大致明白了滕清凉"事件"的前因后果。

"清凉,我支持你。人讲话要算数,讲话不算数,不如一只狗。"堂伯说,"刘凡奇家有钱又怎么样?就可以随便对人指手画脚,安排别人的生活?"

堂伯的话引起哄笑。

"你不就是有钱人吗?"有人对堂伯说。

"伯伯,刘凡奇不是那样的人,他家人也不是那样的。"滕清凉说。

"那就好。我也不是有点钱就讲话大声、无理取闹的人。"堂伯说。

村里人全散去后,家里安静了。今年二女儿大学毕业,明年大女儿和儿子毕业,好日子就要来了。滕家父亲想着这些高兴事,精神大增。退一步说,儿子明年大学毕业城里找不到工作,回到农村,也能发家致富啊。现在在农村,只要不懒,只要身体不坏,哪里还能不脱贫、不致富呢?

说到儿子,儿子的电话就来了。儿子还以为父母在桂城,因为昨天在去桂城的路上,过于兴奋的父亲把这个特好消息告诉了大女儿和儿子。当时父亲知道离幸福日子不远了,但没想到变化来得如此之快。

"回村了。"滕清凉父亲接通电话后说。

"为什么?"儿子问。

"那里不是我们的家。"滕清凉父亲说。

"二姐的家不就是你和妈的家吗?"儿子说。

"那也不是你二姐的家。"滕清凉父亲说。

"我天天叫他二姐夫呢。"儿子说。

"暂时不要叫。以后叫不叫,看情况。"滕清凉父亲说。

"二姐坚持要去西藏，不解除合约了？"儿子问。

"是的。我支持。"滕清凉父亲说。

"我反对，很强烈。"儿子说，"二姐太自私，他应该为刘凡奇想想，为我和大姐想想，更要为她自己想想。清莲公司是多大的公司啊，能进去，能不费力进去，三生有幸啊。二姐这一闹，我和大姐的好工作就泡汤了。"

"找工作是你自己的事，不要赖你二姐。没工作，老家有。"滕清凉父亲说。今天他说话太多，很疲惫了，此时脸色惨白。滕清凉接过手机，对弟弟说："你想多了。想了不该想的事，自寻烦恼。"

大姐电话跟着追过来。她骂了一阵滕清凉傻瓜、迂腐之后，说："老二你长大了，没人能管得了你。你好自为之吧。"

回到学校，刘凡奇母亲找上门来。她一上来就冷笑，说："你很强势，谁也摆布不了你，哪怕设身处地为了你，也摆布不了你。"刘凡奇母亲说，"刘家最近做了一系列下贱的事，请你原谅。但是你也不要太得意。不要说天下，就说桂城，比你理想的姑娘一大把。"

滕清凉不想跟刘凡奇解释什么，坚持不主动给他打电话。她的拒绝伤害了他，她知道。她希望能接到他的电话，可是没有。她一个人偷偷哭了好一阵。

毕业证下来了，意味着正式离校时间到了。不论找到工作还是暂时没找到工作的同学，都在做着各种离校准备。滕清凉到迈斯公司报到，时间是早了点，但是人力资源部非常欢迎。一报到就意味着成为迈斯公司的合同制员工。公司有试用期、转正期、成长期，凡是援藏达标的，一回公司就可越过成长期，尽管工作要从头开始，但仍然可以获得合理的高薪。华董事长在办公室跟滕清凉谈话，强调两点：一是她是迈斯的人，二是她在西藏所有行为代表公司形象。

"我明白。"

"你是明白人。我相信你，信任你。"

滕清凉选择先从桂城飞到青海，再坐火车进藏，慢慢适应高原。西藏对她来说充满了诱惑和恐惧，充满了刺激和挑战。公司派车送她到机场，下车后她发现华董事长特地来为她送行。董事长为一个小员工送行，在迈斯公司这样的大公司还是首次。

进入大厅，她意外地看到刘凡奇。她昨晚还回想了一下这个人，决定从今天开始把他从记忆中删除。刘凡奇有不少行李，一副出远门的样子。

刘凡奇向她走来。

"我担心你在西藏被别的男人拐走。"他说，"你走到哪里，我跟到哪里。日喀则那么大，总有用得着我的地方……"

逃 逸

孙子回来晚是常事，整夜不归却是头一次。甘奶奶守到天亮，走到门外大声叫唤："甘大列！"清晨的院子仍在熟睡，听到声音的邻居翻个身咂巴咂巴嘴又睡去。这是电子衡器厂宿舍区，面积不小，从市区地图上看像一滴水躺在铜岳山脚下。电子衡器厂很多年前倒闭，马路对面的厂区早被变卖给房地产公司，一栋栋高楼巨人似的鄙视着宿舍区里的人们。院子里没下岗的人早就离开了，下岗后有本事的也陆续搬离，剩下些无本事的，占眼下小区人口的二分之一，另外二分之一为来自四面八方的租客。

甘奶奶没有手机，等到邻居周卫军起床，请求他帮忙联系甘大列。

周卫军打着长长的哈欠从茶几上拿过手机。"大列关机。"周卫军说。

以前，周卫军跟甘奶奶在同一个车间共事，论起来甘奶奶还是周卫军的师父。周卫军下岗后不再叫甘奶奶师父，应该叫什么，都好些年了他一直没想好，于是，他每次叫甘奶奶基本用"我说"开头。

"我说，"周卫军说，"大列昨晚没回？"

"没回，也不通知一声。"甘奶奶说。

"年轻人有自己的生活，准是跟朋友喝酒误了回家。"周卫军开始刷牙。大清早的，还没用餐，他嘴里就有了一股强烈的大蒜味儿。甘奶奶认为周卫军什么都好，就是嘴里的大蒜味儿太难闻。甘奶奶挥挥鼻子前的空气，回到自己的家。

平房一排排，红砖砌的，当年住着厂里领导，局里领导也住过。甘奶奶那阵儿刚进厂，对红色平房羡慕无比。待她终于住进红砖房，别人都上楼住去了。宣布下岗，甘奶奶唯一满意的是她多得了同样面积的另一个套间。新得的套间在斜对面，用起来不方便，通过与工友们ABCDE排列组合换房，换到了邻门。在周卫军建议下，甘奶奶封堵其中一套大门，内部开门打通，两套合成一套，面积扩大一倍。

甘奶奶年轻的时候老公死于肺病，翻砂车间粉尘太多，搞坏了老公的肺。甘奶奶一儿一女，女儿高中毕业放弃高考进街道工厂上班，后来嫁人。女儿嫁的人一般，女婿脾气一般本事一般。儿子考上大学，学机械的，条件好，却娶了个当裁缝的外来妹。甘奶奶心里有苦说不出，后来见儿子一家过得幸福，甘奶奶心里的石头这才落地。甘奶奶心里盘算着拿出退休工资的一部分补贴女儿一家。恰在此时，儿子一家突发变故，儿子工伤去世。惊天灾难接踵而来，一年不到，儿媳妇因过度伤心患病，治了两年没治好，也走了。年幼的孙子甘大列跟甘奶奶相依为命，长到十九岁，考进职业学院学习机修。瓦城经济不发达，整个城市像经霜的茄子，蔫蔫的，大列找了好久工作才勉强进了一家私营工厂，收入不高，混口饭吃。

太阳高高升起后，甘奶奶心中的担忧开始被太阳晒跑。这个七月里的阳光对电子衡器厂宿舍格外照顾，光线温柔多了。难耐的夜晚，对面高楼里许多人进来散步纳凉。红砖小区（电子衡器厂招牌没了，人们习惯这么称呼）道路高低不平，对面高楼的人一边嫌弃一边贪婪地享受这里的清凉。红砖小区清凉有多个原因：铜岳山下有条小河，院子里有许多树，房屋低矮，凉风能在小区里自由穿行。

大列早出晚归，偶尔吃奶奶做的早饭。奶奶做的面条很好吃，通常因为太早大列吃不下。大列所在的那个私人小厂距离远，要穿过一环二环，到最东边的三环了。大列得早起赶路才能避免迟到，尽管待遇不十分好，但也是来之不易的工作。老板对大列赏识，声称再过两个月就要给他加工资了。奶奶可口的早餐大列吃不上，夜宵总可以吧？每晚奶奶估摸着时间给大列做夜宵，有时候大列回来顾不上吃夜宵，躺下就睡着了。奶奶心疼也没办法。大列学习成绩不好，却能吃苦，继承了他爷爷的优点。

甘奶奶希望大列中午能回来，她明知道大列不可能中午回来，还是充满希望。她的理由是，昨晚一宿没回，中午必须回来一趟。甘奶奶做了好吃的等着。等到下午两点，甘奶奶才死心。

下午四点半，周卫军出门。他拿退休工资，不多，但比退休前下岗好过。刚下岗那些年，拿低保，填不满全家的开支。办理退休手续后，工资涨了许多，还不用外出干活。吃喝不愁，他想把精神生活丰富一下。不远处有个花园小广场，附近老人们都去那里玩，跳广场舞。周卫军在旁边看着，心里痒痒，组织者见他有心，邀他加盟。他正在兴头上，每天第一个到场，最后一个离开。甘奶奶拦住他，让他给甘大列打个电话。周卫军去跳广场舞从不带手机，他劝甘奶奶说："你放一百个心，那么大个小伙子还能走丢了？"周卫军急着去见那些老太太，甩手走了。

要是往常，甘奶奶也会去看人家跳广场舞，虽然不跳，看人家跳也是享受。今天她无心去，她心神不定。

甘奶奶继续等，等到晚上十二点，凌晨一点，熬不住了。她拍响周卫军家门。周卫军跟老伴起来接待甘奶奶。甘大列手机仍然关机，无法接通。

"出事了？"周卫军老伴说。

周卫军推一把老伴，凶她说："乌鸦嘴，滚一边去！"

周卫军一遍遍打甘大列电话，得到的结果都一样。周卫军说，要不给甘小娟打个电话，兴许大列在他姑那儿。联系上后，甘小娟说没见过甘大列。

周卫军夫妇陪甘奶奶坐到天亮。周卫军说，我们去大列单位找。

大列单位叫什么？甘奶奶说不全，名字挺洋气的，一般人记不住。周卫军曾听大列说过单位名字，他也没记住，"再洋气的名字，不就是个造机械的，难道还能造导弹？"周大军翻出三轮车。当年下岗后，周卫军靠三轮车揽活路，它在阴暗角落休息好些年了。周卫军试了试，三轮还能用。他试着蹬了一圈，骑功还在。周卫军计划一个人去找大列，但甘奶奶执意要去。"心情可以理解。"周卫军说。他扶甘奶奶上了三轮，里面搁张小板凳。

甘奶奶和周卫军靠一个个字的记忆，最终找到大列单位。

"大列怎么回事？啊？一声招呼不打就离开，对得起谁？"王老板四十多岁，满嘴埋怨。

问题严重了。

"你报警啊！"王老板说。

甘奶奶没有立即报警，她认为没有充分的理由报警。她犹豫到中午才去报警。

这两天，警方也在寻找甘大列的家人。甘大列半夜被车撞死了，事发于三环路。尸体昨天清早被人发现并报案。他的手机被撞飞进排水沟，泡了水，已坏掉。警方通过瓦城所有媒体发布认尸公告，与甘大列相关的人员都没注意到。红砖小区的人不习惯看瓦城电视台，太不好看了；不看瓦城的报纸，小区里没人订报。网络上海量的信息，真真假假，有用信息时常被各种热门话题掩盖。红砖小区大多数闲人没有智能手机和微信。在这个信息高度发达的时代，仍然有许多信息无法进入某些区域，仍与相关人员擦肩而过。

根据法医推断，车祸发生在深夜零点到一点之间。王老板告诉警方，当晚甘大列加班到十一点半左右。从早上到晚上大列连续干活，中途休息少。"大列是因困倦撞上车的吗？"王老板问警察。警察回答说有可能，但从受伤部位看，被肇事车右侧车头撞击的可能性大。甘大列骑电动自行车上下班，离开时他的精神其实很好，王老板回忆说："他向我讨要一支香烟，吸完才离开的。我递给他一包，他只抽出其中一支。"从单位到出事地点，半小时左右，法医判断准确。那晚三环路上多处监控出毛病，路灯时明时暗，交警反复排查，没找出肇事嫌疑车。法医断定，肇事车应为中型以上冲击力大的货车。

甘奶奶像一根晒掉水分的树干，眼珠一动不动。周卫军夫妻陪伴甘奶奶三天三夜，疲惫不堪。甘奶奶不食茶饭不睡觉，躺着就像已经故去。"你不能死，肇事者还没找到，大列还躺在第六人民医院太平间，好多好多事还没处理。"周卫军的话吊着甘奶奶的命，请来的社区医生下结论说她暂时还死不了。

周卫军拉着甘奶奶去交警大队，负责处理此案的林光华没抬头，眼睛死盯电脑屏幕。

"找到肇事者了吗？"周卫军问。

"没有。"林光华说。

林光华调出那晚十一点半到一点的监控录像。为了便于排查，林光华已经截取这段录像。

周卫军观看过往的车辆，许多车辆模糊不清，车牌看不见。倒霉的是当晚监控系统出毛病，时好时坏，录像断断续续。当晚车流量不算大，但什么样的车辆都有，三环路不禁止任何车辆行驶，大到长货车，小到三轮，都经过三环跑向目的地。周卫军看不出什么名堂，那辆肇事车明明就在录像里，却看不见捉不住。

"7月6日晚三环路玫瑰大桥西侧二百米北发生一起严重车祸，肇事者逃逸，请目击者报告警方，有酬谢。"交警将消息发出去几天了，没人来报。同样的内容瓦城各主流媒体、社交平台均有发布。王老板发了朋友圈，转发到多个微信群，也没获得线索。

出车祸的那段路有长长的斜坡，还带拐弯。因为路况原因，那段路机动车与非机动车混道。非机动车道正在谈判征地，谈不下，搁置三年了。这一段路事故易发，是重点监控区域。谁承想，监控系统就出问题了呢。周卫军固执地站在原地不动，林光华同情地说："你先带老太太回家，有了消息我第一时间告诉你。请你们放心，我们将全力以赴，决不放过肇事者。"

周卫军默默拉起甘奶奶，见她不动，便弯下腰背她。"你越来越轻了。"他说。到了院子里，周卫军抬头看林光华的办公室，投下希望的目光。

红砖小区的人都听说了甘奶奶家的事儿，他们分批过来看望甘奶奶，平时跟甘奶奶没打过招呼、彼此陌生的人也来看她。

二十天下来，周卫军陪甘奶奶如饥似渴地等交警消息，相关电话从没响过。这天，手机终于响了，电话来自第六人民医院的太平间。"尸检完毕，甘大列的尸体已经没用了，拉去烧了吧。"对方说。甘奶奶不同意，肇事者一天找不到就一天不能烧。周卫军也持这个意见，等抓住肇事逃逸者，让他给大列下跪，捧大列的骨灰，然后拉去枪毙。

又过了几天，林光华来电话说："甘大列车祸案暂告一段落，"他停了停，继续说，"这并不是说我们停止了破案。先把甘大列后事处理了吧。"

多方人劝，甘奶奶这才默许。

甘大列火化后，林光华一头忙于别的案子。瓦城经济虽欠发达，大大小小交通事故却每天都在发生，林光华挺忙。肇事逃逸的不太多，大多能抓捕归案，甘大列这个案子例外，难度太大。忘记了甘大列车祸案，自然就忘记了可怜无助的甘奶奶。

这天晚上七点，瓦城最大的生活网论坛上出现一则帖子：

标题为"追查肇事逃逸者　为甘大列讨公道"。内容说，撞人至死的肇事司机至今逍遥法外，请广大网友行动起来，积极寻找线索，为公安破案提供帮助。发起者为瓦城一个叫"帮困"的公益者组织。

紧接着有人跟帖：

大嘴鸭：受害者名叫甘大列，二十三岁，男性，生前为悉尼兰博机械有限公司职工，7月6日深夜下班回家途中被撞至死。

胡杨树上的水珠：行动起来，缉拿肇事者。

开水煮活鱼：甘大列从小与奶奶相依为命，现在，七十多岁的奶奶失去了唯一的孙子，孤苦伶仃地生活在红砖小区。

网友情绪激动，谴责肇事逃逸者之外，给予甘大列奶奶深切的同情和关注。林光华看了几页跟帖，眼睛湿润。他为自己暂时搁置案件感到羞愧。他留言说：我是案件主管林光华，感谢网友对甘奶奶的关心和对我工作的提醒,有网友的大力支持,我信心十足,一定将肇事者捉拿归案。林光华还附了三个作揖、三个加油表情。

林光华一夜无眠,他反复回想监控录像,但事情就那么不凑巧,关键图像不是断裂便是模糊不清。第二天他去一所大学找图像专家辨认,试图用新的科学手段还原真相。专家看了录像,摇头,但专家将录像留下来,说一定反复观看研究。接着林光华去到出事现场,远处近处察看,寻找车辆痕迹,分析肇事者逃跑的可能路线。跟前几次一样,他没发现新线索。

红砖小区里来了一些志愿者,他们给甘奶奶带来问候。甘奶奶正沉浸在巨大的悲痛之中,对志愿者的慰问没什么实质性反应。志愿者陪甘奶奶说话,欲引导甘奶奶走出痛苦。甘奶奶旁若无人。"撞死我孙子的人,该杀!"甘奶奶反反复复就是这句话。甘奶奶听不进任何劝说,志愿者不知道该说什么好,后来只陪她流泪。

志愿者给甘奶奶捐款,几十几百地捐,甘奶奶无力收钱,周卫军代劳。周卫军找来一个本子,让志愿者登记名字。有志愿者抵触,说:"我们资助甘奶奶不是为了留名。"周卫军说:"你们不留名,这钱我说不清楚啊。"周卫军这才说服了志愿者。

周卫军当着甘奶奶的面与老伴清点志愿者的捐款,甘奶奶睁只眼闭只眼,捐来的款与她无关一样。周卫军与老伴各清点两遍现金钞票,两人加起来就是四遍,钞票不会错了。他俩接着计算笔记本上的数字,加一遍,与现金不符,再加一遍还是不符,加到第四遍的时候,他们确定数字是对的,现金也是对的。现金比数字多出一百零五元。老两口用皮筋将钞票扎好,搁在笔记本边。

"我说,"周卫军对甘奶奶说,"这钞票明天帮你存进银行吧?"

甘奶奶没表态,她似乎没听进去。"我说,"周卫军说,"要不我现在把钞票锁进你的柜子里?钥匙呢?"甘奶奶手中抓着一串钥匙,周卫军目光过去时,她抓钥匙的手往身子后收。

"钱和笔记本都在这里,你收好了。"周卫军说。

红砖小区里安静,任何进入小区的声音都能听到。外面又响起声音,进来一拨网络记者以及志愿者。

"你们有心来看望甘奶奶,我替她感谢。可是这有用吗?你们捐款捐物,不如快去找线索,协助公安破案。"周卫军说。

这些志愿者听后,默默离开。周卫军骗甘奶奶说:"已经有点线索了。"甘奶奶脸上露出一丝快慰。她说饿了。周卫军老伴端来一碗精心熬制的稀饭,甘奶奶吃完了。吃了饭,她脑子清楚许多,见到钱,问哪来的,周卫军说,他们捐的。甘奶奶说:"他们给我送钱干什么呢?钱能换回大列的命吗?"

跟命相比,钱是废物,但钱不是坏东西。周卫军心想。

大列出事以来,周卫军夫妇怕甘奶奶有意外,在她床前安置床铺,晚上守着她。甘奶奶女儿甘小娟很放心,有周卫军夫妇精心照顾,她只需两三天来一次。

"帮困"组织的志愿者从发帖当天就行动起来,他们有明确分工,有人负责调查出事车辆,有人负责追查医院——甘大列被撞死,肇事者很可能受伤,受伤就可能去大大小小的医院。网络上每天都有对甘奶奶的问候,有为寻找线索出的主意,有行动者的交流。

网友热心，林光华丝毫不敢懈怠。图像专家那边仍然没找到线索。甘大列车祸案的录像被林光华再次调出来。他从当晚十一点开始观看。三环路像一根主动脉，两旁有难以计数的小血管。林光华让画面静止，放大画面。录像是黑白的，不管什么颜色的车辆都是灰色。录像质量差，中途多处是空白，有的空白长达五分钟。能看清一辆完整的车就算好的了，更不用说完整的车牌号。林光华一口气看完整段录像，没发现蛛丝马迹。从车祸现场前段到车祸现场后段，林光华重点看、反复看。录像里有特别模糊的影子，有墨水涂抹的片断，无一处略为清晰的镜头。在一些国道省道上，就是这样，无监控录像，无目击者无报案者，肇事司机逃逸后车祸成为悬案。三环路可以跟野外的国道省道比吗？不能。三环路是城市道路，出现悬案，市民难以理解。网友的热心，也是对林光华的批评。林光华感到空前的压力。

瓦城有多少家汽车维修店？数不清，光是具有一定规模的至少三百家。林光华挑选着跑了十几家4S店均无收获。他还在4S店碰上寻找线索的热心网友，双方交流一下，又各自忙去。网友人多，他们不放过任何一家修理店。

因为取证，林光华两三天没去办公室了。事故处理大队仍然是那么乱糟糟的。他的办公桌上坐着小孙，这几天小孙代替他处理案子。小孙想站起身，被林光华压住肩膀。"外面这些办事的群众说你为了寻找破案线索累倒住院了，"小孙笑着开玩笑说，"网上也这么说。我们差点都信了。"

办事的群众见到林光华，丢下自己的事围上来，向他打听案件的进展。林光华苦笑，说："我真无能。对不起甘大列、甘奶奶，对不起广大人民群众。"

两个纪委干部在办公室等着。林光华冒雨赶来，全身湿了，一位年轻的纪委干部给林光华弄来一身干爽衣裳。林光华客气一下就到厕所换上。年纪稍大的纪委干部开启空调，叫林光华把头发吹干。

问话在固定的办公室里。纪委共有三间这样的办公室，房间的私密性好隔音效果佳，适合说任何的"悄悄话"。纪委干部跟林光华随意地聊着，让他放松。林光华第一次进入这样的空间，心里多少有些紧张。

"请坐。"纪委干部指着桌前那张椅子说。

"找你来的目的，想必你已经知道，我们开门见山吧。"年长的纪委干部说。

"好。"林光华直直腰，"网友的热心时刻感动我鞭策我，我谢谢网友。"

"我们来一场不记录的谈话。"纪委书记笑道。

"听领导的。"林光华说。

"昨天我们接到一封实名举报信，主要内容拎出来就是一句话：你放跑了一个大官，逃逸司机是你的关系人。"

"你信吗？"

"我们暂时不信，因为没证据。"书记说，"尽管我们暂时不信，还是必须约你谈话，这是我们的工作。"

次日，纪委找到实名举报者，举报者承认，找不到肇事逃逸者，又没有任何线索，他太着急，脑子就冒出这么一个思路。"事实"是他猜的。举报者向纪委认错，然后跑去网上认错。有网友骂他是猪队友，然后原谅了他。

善意欺骗甘奶奶有效，周卫军夫妇每天给甘奶奶编一条好消息。林光华隔不了几天就会来看望甘奶奶，他受周卫军夫妇影响，学会了编瞎话。林光华带来的"好消息"像强神剂、营养剂，甘奶奶干树蔸似的身子，有了发芽的迹象。

四下追查线索的志愿者，苦于找不到线索，三个月后工作有所降温。现在他们能做的只有轮流陪伴甘奶奶，给她做心理疏导。有的网友情绪"恶化"，用恶毒的语言诅咒那个肇事逃逸者。其中一个网友将诅咒变成了"事实"：前日，肇事逃逸者连人带车掉进沱巴山区的悬崖，车毁人亡。有来看望甘奶奶的网友就用这个"事实"骗甘奶奶。次日，林光华又来看望甘奶奶，他依旧想编个善意谎言，说："甘奶奶，我又给你带来了好消息。"

甘奶奶说：前日，肇事逃逸者连人带车掉进沱巴山区的悬崖，车毁人亡。林警官，我说得对吗？

林光华正喝矿泉水，呛住了。

甘奶奶说："假话呛人……我不怪你们。我感谢所有好心人，为了帮我找到肇事逃逸者，你们操碎了心。替我告诉大伙，我活过来了，请大家放心。"

辣椒红了

一

作为私企，旭日家电公司没有乡村扶贫的硬性任务。董事会上，乔洋抛出扶贫的议题，引来一片哗然。董事们有三分之一不同意，他们不是不想伸出援助之手，公司效益一般，受多种因素影响，去年公司上下用尽智慧和力气，也才略有盈利。公司不大不小，要是效益特别好，乔洋董事长怎么提议，全体董事都会赞成。反对者如是说。乔洋看得出，许多没有公开表态的董事内心也是不乐意参与乡村扶贫的。他们可能碍于乔洋的面子，不便表态，不想在这个节骨眼儿上提出反对意见。乔洋必须争取这些摇摆的人，他抢占先机说："除了刚才发言表示反对的，剩下的董事都是赞成的，赞成者超过半数，项目通过。散会。"乔洋站起来，走出会议室。董事们愣了愣，相互看看，无奈地接连离开。

下午，各董事和在职高管都收到《扶贫计划书》。扶贫点定在锦荣村。那地方属高寒山区，田少地少水少，十年九旱，太穷，公司人都知道。乔洋董事长的太太赵轶男就是锦荣村委会下辖的虎山自然村的。那年她只身回老家。村里不通车，下班车后她走在通往村里的山道上。大白天的，来了劫匪，一个大人带着两个半大孩子。"我是虎山村的，本地人。"她说，"我看你们谁敢抢？！"劫匪红着眼，凶兽一般扑过来。赵轶男带的现金比以往多，因为娘家急需这笔钱。赵轶男夺路而逃。她钻进山里，慌不择路，不小心摔下五米山坡……两腿残疾伴随她到如今。被抢劫，腿残疾，她内心的疼痛与对故乡的憎恨与日俱增。

公司通过了扶贫计划,无法更改,但即便扶贫也不能扶锦荣这样太穷的地方,得挑一个条件相对好点儿的,那样,公司不费劲儿,还能赚荣誉。大部分董事和多数高管都有同样的看法。乔洋回答说:"锦荣,是我精心挑选的扶贫点。如果条件好,还要我们扶什么贫?!"

一位高管理由却是另外一种:"你难道忘记了你太太的遭遇,忘记了你全家内心的伤痛与仇恨?"

"我没忘,一辈子也忘不了。"乔洋低沉地说。他苦着脸,示意前来提意见的高管退出去。

二

元旦假期,在锦荣村,跟往常没有区别。昨晚下过小雨,从早晨开始的北风,吹落了山林植物的水珠,却没吹干沙道上的潮湿。通往锦荣的岔路口聚集了一些人,他们告诉乔洋,在政府支持下,他们准备修建跟村委相连的水泥公路。路口延伸进去,S形串起锦荣村、大坪村、弄岩村,然后绕过绵绵山岭,进入别的县界。

"要致富,先修路。"乔洋说。

聚集在路口的修路工人今天第一天开工,有一个工头模样的人说:"修路没错,修了路就能万事大吉,钞票滚滚来吗?"

乔洋看着对方,心里说,我知道幸福从来不会从天上掉下来。乔洋了解了一下,这条乡村公路设计宽度为三米五,会车点设计宽四米。乔洋脑子闪过数字,轻声说:"路太窄,碰上大车通过不了。"工头耳尖,听到了,说:"知足吧,三米五的路都争取了好几年。"

"如果拓宽到四米五,需要增加多少费用?"乔洋问。

"我算不来,应该不少。难道你想捐款?修路的钱一部分是本地老百姓捐的,数字很小。本地没几个富户。"工头说,"据说,县里政策是老百姓集资越多,政府配套资金也就越多。谁不想把路修宽点儿?路宽了,现在也许用处不大,将来作用一定大。眼光应该放长远。可惜,民间集不了这个资啊。"

这是条机耕道。一条机耕道连接山区的三个村。乔洋开了辆越野车来,再难走的道路都不怕,只要是条公路。工头指挥刚开工的施工人员为乔洋让出一条道,并说:"你不是本地人吧?口音不对,相貌不熟。"乔洋回答说:"怎么说呢,我是锦荣女婿,算本地人吗?"

"此路磕磕碰碰,按摩腰部效果不错。"儿子乔锐讽刺地说。

"适应一下就好了。"车上还坐着一位副总经理、一位办公室主任。

"我们都是城里人,不懂农村,怎么扶贫?"副总经理问。

"是啊,我们都不懂农村人、农村事和农村的发展,所以就要学嘛。"乔洋回头说。后排的乔锐哼哼冷笑。

行走一公里,就到了锦荣村村委办公楼。办公楼像民居,上下两层,里面乱,周边环境差,看得出村里的经济状况。三张办公桌靠在一角,村委干部倒来得整齐。桌子下是烧得正旺的炭火。

"天气真冷。"乔洋说。

"是呀是呀。"村支书钟德明说。村委主任辞职,他目前兼任。

乔洋给他们散过香烟后,做自我介绍。钟德明打断乔洋的话说:"你是大老板,姓乔,我认识你。你可能不记得我了。好几年了吧。说起来惭愧……当时你来处理你老婆的事,还来了好多人,包括民警和镇里干部。"

在座的村委干部都记得赵轶男的事。回乡人在老家被劫,有同情心的人心里都会难受。

"钟传广回来了吗?"乔洋问。钟传广就是带头抢劫赵轶男的那个犯罪男子。

"没有。"钟德明说。

"他那年逃出去被抓,判刑后就再没回来?"乔锐气鼓鼓地问。

"出狱后回过一两回吧,来去匆匆。"钟德明说,"但他不承认抢劫,他说他是被冤枉的。"

"真不要脸,这种人就不该活着!"乔锐大声说。

乔洋拍拍儿子的肩,示意他冷静。赵轶男遭难,也给儿子留下了巨大的阴影。那年,儿子乔锐已经15岁,血气方刚,多次要动手报仇。还好,乔洋看管得紧,阻止了另一场悲剧的发生。当年跌下悬崖,赵轶男经历的疼痛,乔洋不愿去细想。赵轶男连续呼救三个小时,才被一个善良的打柴老汉听到。老汉立即组织人营救。摔得重,赵轶男两条腿再没复原,落下残疾。丧尽天良的钟传广带领两个半大小子并没放过赵轶男。他们绕过悬崖,来到出事地点,抢走赵轶男的背包、手表、手机和现金,然后逃跑。民警破案花去很多时间,赵轶男的脑袋也摔伤了,出院一年多后脑子还不能完全清醒,给民警取证带来极大困难。民警入村调查,走访群众,寻找目击证人和知情者,前一个月没寻到有价值的线索。民警清楚,知情者不敢说。但是,谁是知情者呢?村委干部应镇政府领导和派出所要求,组织事发地点附近自然村的人开会。留守的人不多,来参加调查会的人数也大打折扣。有民警提出,来者无鬼,拒者才是知情者或者嫌疑人。民警再次逐村逐户逐个排查。民警通过察言观色来判断嫌疑人或者知情人。案子取得突破得益于一次集市上的偷盗事件,一个少年扒窃一个中年妇女的钱包,随后被一个青年擒拿。这个青年是中年妇女的外甥,警校三年级学生,假期来走亲戚。少年被扭送进派出所。一审问,就审出了参与抢劫赵轶男的案子。民警立即捕人,另一个同案少年束手就擒。钟传广闻信逃跑,民警半年后才在广州警方配合下将其捉拿归案。三个抢劫嫌疑犯是父子和叔侄关系。当时钟传广计划过两天带着儿子和侄儿外出打工,躲开民警调查,要不是儿子手痒又在集市上扒窃,他们就将在广州偷盗了。两个少年初中还未毕业,没成年,司法部门把他们关进少管所。钟传广则被判刑13年。

"你们是来找钟传广吗?"钟德明问。

"当然是,前面是法律跟他算账,现在是道义跟他算账!赶快交出来!"乔锐说。

"他去年出狱,就回来过一两次,停留时间短,村里好多人都没见到他。"钟德明说,"钟传广的儿子和侄儿倒常回来,可是,他们眼下并不在村里。"钟德明做出一个"请"的姿势,意思是欢迎乔洋一行人入村搜查。那年,钟德明还没当村委干部。他跟钟传广同在一个自然村,两人是族亲。

"钟传广三人的事,暂且不谈。"乔洋原地不动,"我们旭日家电公司有意来你们村扶贫投资。"

钟德明笑道:"乔老板说笑了,你们恨我们都来不及,再说,我们这穷地方你们能投资什么?"

"也许我们不能投资大项目,但可以帮助你们做一些事。"乔洋说,"趁你们班子成员都在,我们双方开一个会。"

钟德明为难地说:"我们的会还没开完呢。"然后对村干部说,"我们继续开会。"

乔洋看得出,钟德明信不过自己。乔洋带着随行人员朝村里走去,钟德明追上来叫喊:"乔老板,他们三人都不在家,真的。"

村道肮脏凌乱,穿行在破败老屋及新洋楼间。洋楼不多,也就三栋,是主人打工挣了点儿钱回乡建的。其余大都是传统房屋,有的甚至在风雨中飘摇。有个中年男人坐在屋前,用笑容跟乔洋一行人打招呼。

"你多大?"乔洋问。

"五十七岁。"中年男人说,"你们是政府干部?"

乔洋不请自入屋内,他指着堂屋说:"你们看,这是他们的厅堂。"他们进入厨房、卧室,乔洋说:"这是他们的厨房和卧室。谁用一个词来形容?"

"家徒四壁。"乔锐说。

"你们家几口人?年收入多少?"乔洋问跟在后面的中年男人。

"我家算上我妈六口人,大儿子外出打工,小儿子和女儿还在上大学。"中年男人说,"年收入,唉,我都说不出口呢。"

中年男人的老婆用板车拉着婆婆出现在他们眼前,她俩刚从镇卫生院回来。他老婆听说来人不是政府的,是一群闲人,话也懒得跟乔洋说。她的眼里透出敏感、自卑,也透出不友好。乔洋一行离开时,她冷不丁朝他们后背说:"你们来干什么?来看我们笑话吗?!"

乔洋带领副总等人一连走了四五家,从家中摆设来看,有的家庭相对好一些,但普遍给人的感觉就是穷。锦荣这地方穷出了名，想不穷也许只能期望将来。乔洋和有一定阅历的副总似乎并不太吃惊，他俩有心理准备。乔锐和年纪轻轻的办公室主任参观过后，咂舌不断。乔洋最后将一行人带到钟传广家。对于这座倒塌一半的房屋，乔洋再熟悉不过，那年，为了处理赵轶男遭劫的事，他不知来过多少回。倒塌的那半是钟传广哥哥家的，他家出了另一个少年抢劫犯。屋子倒塌一半，自然不能住人了。外出打工数年不回，老屋不住人，毁得快，住不了人。住不了人，主人就不回来，不回来，老屋就毁得更快。两者较劲似的。

"锦荣这一带别的自然村情况与此大同小异。"乔洋说。

"想想他们，我们的生活比蜜甜了。"年轻的办公室主任说。

"人性之恶也会因为贫困大比例地激发出来。"乔洋说。

在村口，乔洋一行碰上钟德明，其实是钟德明来堵他们的。乔洋之行的真实目的钟德明必须弄清楚，要是对村里对家族不利，他就要想办法阻止。

"我们进村看了看，了解了一点儿你们的生活情况。"乔洋说。

"不需要调查，我们村就是一个字，穷！"钟德明说，"我们穷，我们谁也不怕。"

"你这话好像带着威胁呢，"乔洋笑着说，"我们此行的目的就是实地考察，回去做方案，真心实意地帮助你们，首先让大家脱贫。现在中央提出了精准扶贫，不久肯定会有大动作。我们公司不一定做得到精准，但的确能做一些力所能及的事。"

"凭什么？你们凭什么？"钟德明说。

"凭你们穷。"乔洋说，"穷，没什么可遮掩的，首先大胆承认，其次发力改变。"

"我们天天做梦脱贫，可是我们这个自然条件，缺田缺地缺水缺钱缺技术缺市场，我们使不上力啊。"钟德明说。

"所以，你们需要帮助，除了政府，还有更多社会力量可以依靠。"乔洋说。

"可是这个工作跟你们没关系啊。"钟德明说。

"谁说无关？跟每一个中国人都有关。"乔洋说，"真爱国，就要为社会做力所能及的事，而不只停留在嘴上，停留在网络聊天上。"乔洋侧过头看了看乔锐和年轻的办公室主任。

"我们双方可以开会了。"钟德明说。

回到村委办公室，钟德明向乔洋介绍锦荣基本情况。乔洋带头详细记录。会议快结束时，驻村工作队队长肖书记来到，他来自县人社局，是退居二线的副局长，后来改任驻锦荣村第一书记。肖书记听说过乔洋他们公司，知道旭日家电公司是做家电产品的。家庭用的除了彩电、冰箱，其他家用电器也做。肖书记也是不太相信，这个与此地无关的大城市公司会来扶贫。听说乔洋老婆当年的事后，肖书记心里更加怀疑。曾有个别公司打着开发、扶贫的旗号，到农村来圈地，套取国家资金，假开发，装模作样开发，钱到手后，就抛弃项目。肖书记问得细，是想寻找破绽。到头来没找到破绽，他心里仍然不踏实。

三

公司投钱到锦荣扶贫，乔洋没告诉赵轶男。这是公司的事，像以往一样，他认为，没必要告诉赵轶男。多少年来，不能当赵轶男面提"锦荣"二字。锦荣的村名来自锦荣自然村，三个致赵轶男双腿落下残疾的歹徒就来自锦荣自然村。"锦荣"二字像一把插在她心里的利刃,时刻令她绞痛。赵轶男行走不便,不得不借助拐杖。她心里的苦,乔洋感同身受,他心里已滴满疼痛的鲜血。他对她唯一的安慰就是对她好一些,再好一些,用尽业余时间陪伴她。赵轶男大学毕业被分配在桂城第三制药厂,多年后成为出色的工程师。双腿受伤致残,单位调她干轻松工作拿同样的工资,她心里有愧,提前病退。病退在家也尽量不给家人增添麻烦,她拖着残腿包揽了一切家务,家里总是整整齐齐,窗明几净。乔洋减少不必要的应酬,按时下班陪她看电影、散步、下跳棋。

乔洋去锦荣调研的消息是赵轶男一个亲戚透露给她的。在锦荣,她已没有至亲,她出事后,恨透了老家,想尽一切办法将农村的两个哥哥以及父母安排进城里生活,切断跟锦荣的一切联系。现在父母年纪大了,这两年不时流露出叶落归根的想法。活着不归根,离世后也要回去,父母私下跟她两个哥哥说好了。父母身体还行,但人总是要离开的。赵轶男反对父母去世后葬回老家,其实就是不愿面对老家的土地和乡人。赵轶男在桂城为父母买了墓地,为父母准备了未来。两个哥哥和父母心疼赵轶男,没有公开反对。赵轶男有她的心思,父母也有他们的心思,相互尊重才好呢。可是,赵轶男的遭遇,又不能不考虑。两个哥哥计划着,如果到了那一天,她的思想工作还是做不通,就依她,待若干年后,让后辈再将爷爷奶奶的坟迁回老家。乔洋带着人去锦荣考察,让赵轶男的一个亲戚知道了,她家多年无人回老家,乔洋回去,亲戚很高兴,以为当年的痛在赵轶男这里有所减缓,就给赵轶男打来电话。

赵轶男知道消息,痛倒在沙发上。她不能接受乔洋到锦荣扶贫,上哪里扶贫,她都支持,唯独老家锦荣不行。

乔洋回到家,赵轶男说:"你太让我失望了,你的心居然偏离了轨道。"乔洋知道事情"败露"了,他只好请求原谅。

"要我原谅你,除非撤销扶贫计划。"赵轶男说,"如果你换一个点,我愿加入你的扶贫工作队。"

这个点是他精心选择的,董事会也通过了,乔洋不会轻易放弃。"你太着急了,要去扶贫,也等我死了呀。"赵轶男说。

"全国扶贫是国家战略,到锦荣扶贫是我们公司的战略。"乔洋多年来第一次当她面说出"锦荣"二字。听到"锦荣"两个字,她像被寒光闪闪的利剑刺中,倒在沙发上。乔洋叫来救护车,乔锐埋怨说:"你不害死我妈不甘心是吧?"救护车还在去医院路上,赵轶男说:"回头,到医院没用,我的心病医院治不了。"救护车没停,朝医院奔去。进了医院,病人都得听医生的。医院接诊后,对赵轶男做各种检查。赵轶男不断说:"我没事,不用检查,即便检查,你们也检查不出我的病。"但她没有拒绝医生检查,还挺配合。折腾到晚上十点,双方父母都聚集到医院。也不知道消息是谁透露出去的。双方父母知道起因后,批评乔洋多事,找错了扶贫对象。"我始终站在轶男一边。哪块黄土不埋人?我决定百年后,就埋在桂城的公墓里,绝不回故乡。"赵轶男父亲安慰式地表态。她母亲扯扯父亲衣角,提醒他不要讲大话。叶落归根的思想,父亲根深蒂固,他避开赵轶男说过,百年之后克服一切困难,也要回到生养的故土。赵轶男的哥哥发过誓,要排除万难实现父亲的心愿。她母亲呢,心思重些,但想法其实跟她父亲没两样。赵轶男父母和两个哥哥也都恨透了故乡,因为赵轶男,"恨屋及乌"。但是,他们又深爱着故乡。他们跟赵轶男还不一样,他们的根系在故乡,深扎在故乡。离开,只是对心痛暂时的治疗。赵轶男首先是受害者,其次，她考上大学离开故乡，远嫁他乡，跟所有女人一样，故乡只是娘家。父母及她的两个哥哥虽然生活在城市，生活安定，但仍然有漂泊无根之感。虽为手足，同一个故乡，双方对故乡的感觉却不太相同。

医生经过观察和检查，认为赵轶男无大碍，同意病人及家属的申请，允许她出院。手续可以明天上午来办。全家人集中到赵轶男家，劝说乔洋放弃扶贫计划。乔洋一言不发，脸上挂着微笑，虚心听取家人意见。

"光笑有什么用？你得表态。"乔洋父亲说。

"我沉默就是最好的表态。"乔洋说。

医生给打的镇静剂效果不错，赵轶男情绪稳定，说话平稳，她还主动说出"锦荣"二字。"你主张公司扶贫锦荣，是给我伤口上撒盐，不，是下刀，是安放炸弹。"赵轶男说。她没说多久，困了，躺在乔洋怀里睡着了。家庭会议到此结束。乔洋在全家人关心的目光中，抱赵轶男入房间，躺下轻搂着她。双方父母悄悄关灯退出去。

公司高层早上有个晨会，会议开始前，大家都在议论锦荣扶贫计划。乔洋进来，他们仍然没有闭嘴。"这个计划，董事会有反对声音，公司员工有反对声音，董事长家里有反对声音，最大的反对声音来自董事长家里。"一位陈姓副总看着乔洋，总结说。

"依你的意思？"乔洋问陈副总。

"依我的意思，公司决定了的事，雷打不动，必须推进。"陈副总说。

乔洋没有表扬陈副总拍的马屁，他知道陈是个摇摆分子。前两天跟随乔洋到锦荣实地考察的刘副总说："我建议大家都去贫困地区看看，也许你知道他们穷，却并不知道他们到底有多穷。人穷志短，恶性循环。帮助穷人树立信心，建立志气，才是扶贫的核心。"得到乔洋的允许，他把拍到的照片和视频发到高层微信工作群里，让大家了解。有人看后说，照片和视频应该发到公司员工群里，让所有人了解。"收入要知足，看看人家过的什么日子。"有一个高管说。乔洋马上否定，说："我反对收入知足的观念，我们要有收入永不满足的思想。不断追求高涨的收入并为之奋斗才是公司的核心理念。"

今天会议主题还是扶贫。乔洋根据这些天了解到的锦荣的详细情况，提出几点设想，一是寻找水源，建设自来水网络，包括饮用水和灌溉水；二是扶持发展当地传统特色产业；三是开发新产业；四是投入一定资金，争取政府增加配套资金，拓宽四级公路。

"这些是县乡村干部的事，我们替他们干了。"有高层插话说。

"是这样，扶贫嘛，不就这些事？"乔洋说，"这只是初步的思路，是第一阶段要做的事，以后还有更多需要做的。"

会上通过了成立扶贫开发小组的提议。乔洋任组长，刘副总任常务副组长，公司高管都是成员。乔锐从基层提任扶贫开发小组副组长，其实就是换到另一个基层。乔锐硕士毕业进入旭日家电公司，在多个基层岗位待过，是技术人才，现在是重用的时候了。高管人员中有人反对，说乔锐参与扶贫是人才浪费。还说，别的单位派出的扶贫干部不是退二线的就是在单位吃闲饭的。乔洋解释说："名单是我特意定的，把乔锐安排去扶贫，不仅能让他体察到社情民意，更说明我扶贫的决心。扶贫期间，乔锐该负责的技术工作还得负责，耽误不了什么。"

乔洋威信高,他决定的事情,人们基本上不反对,因为最后事实证明他的决策都是对的。但扶贫这事不一样,除了道义上、大爱上,公司高管们看不出对公司的直接利益在何处。他们心里还是有想法的,只是不能说也不敢说。会议最后一项内容是研究股票处置。昨天已经有两个股东正式提出转让公司股份,这两个股东对公司扶贫极力反对,认为公司工作目标走偏,不好好干正事,瞎凑热闹。他俩对公司失去信心,因此要转让股份。两个股东股份相加有不少。没人接盘,股东的股份就转让不了。有高管的观点是谁也不要接盘,以示对这两个股东的背叛实施惩罚。此观点得到不少人的赞成。乔洋不认为转让股份是背叛,而是各人对事物的判断不同。双方争论了一番。举手表决时,大都赞成转让。天要下雨,娘要嫁人,由他去吧。讨论一番后,决定由内部职工购买,一百股起购,先买先得。消息放出去,一些职工蠢蠢欲动。股价是当下市场价,不贵,旭日家电公司业绩还行,买股份投资前途还是有的。当得知股份是两个股东信心不足转让时,有人便打起了退堂鼓。三天下来,认购刚过一半。两个股东着急,希望马上脱手,与旭日家电公司撇清关系。剩下的股份乔洋有能力收购,但他想让更多公司员工拥有股份,占股才觉得公司是自己的,工作才更卖力。乔洋让工会主席召开职工代表大会,尽快把股份卖出去。职工大会开过,仍然有部分股份没卖出去。乔洋建议赵轶男买下。赵轶男不买,她说:"扶贫锦荣,大大失策,预示着旭日家电公司将走下坡路。转卖股份的两个股东有眼光。收回扶贫计划还来得及。"

乔洋动员了几个高管,他们以各种理由婉言拒绝。理由有的是找的,有的是真无钱购买。乔洋问乔锐:"要股份吗?"乔锐说："我又没钱买。"乔洋说："如果你同意，我买来送给你。"乔锐对乔洋翻翻眼皮，没表示。乔洋自作主张把剩下的股份拿下，放到乔锐名下。股份转让处理完了，但公司里议论声更大了。

扶贫计划在不同声音中启动。赵轶男看不惯乔洋，去父母那边住去了，乔锐见母亲不在家，也去了外婆家。乔洋一个人待在家里，太太不让他上岳父家，他就去自己父母家。父母尽管欢迎他，却有无尽的牢骚。劝人的话听多了，烦躁，乔洋回到一个人的家。公司和家庭，反对的反对，不反对的保持沉默。乔洋像走进一座孤岛。

公司里的事，他交给陈副总负责，自己带着刘副总和乔锐等人沉下去。按计划，他们先去县扶贫办。没约上扶贫办正、副主任，下面的工作人员做不了主。乔洋让驻村肖书记帮约，转了几个弯，对方才答应晚上八点在乔洋他们住的宾馆见面。晚上八点，扶贫办那个副主任没按时到，到了九点才慢吞吞出现。"扶贫办是个穷单位，我们四周都是要钱的手。"扶贫办王副主任说。

"锦荣那片是水泥公路，交通路网一直缺失，现在国家有了政策，扶持到那里了，希望趁此机会将公路标准提高，拓宽些。将来为了通行大卡车再拓路，成本和时间都高。"乔洋说。刘副总将公司扶贫计划书送给王副主任一份，口头做了些说明。

"只要你们是来真扶贫，我们热烈欢迎。"王副主任仍然对乔洋不够信任，大约前面有公司借扶贫开发套取国家资金带来了极坏的影响。

"新路主干道拓宽到四米五，预算要加多少？如果我们旭日家电公司捐款，需要多少资金？"乔洋请扶贫办费费心，请工程技术人员做出准确预算。

"路开始修了,恐怕已经来不及了。"王副主任说。

"来得及,边修改工程计划边施工。"乔洋说。

正聊着,肖书记进来了。作为工作队队长,他希望有更多扶持资金注入锦荣。他希望乔洋他们不是骗子,而是真心来扶贫的。

"贵公司投入这么大,回报是什么?就是说有什么条件?"肖书记问。

"我们的回报,就是与全体锦荣人民建立起真正的感情。"乔洋说。

"这话写在书上可以,现实中不成立。"王副主任插话说。

"我们双方当然要签战略合约,凡是锦荣及周边村委的基础设施建设,我们都无偿负责。"乔洋说。

"公路建设新的预算出来后,你们的捐赠资金立即到位,做得到吧?"王副主任说。

"只要政府能追加配套资金,我们就能做到。"乔洋说。

"你们能做到,我们也能做到——我们立刻研究报批同意。这条公路,一开始我就主张路面不能窄于四米五,苦于锦荣及附近两个村委私人集资金额达不到建四米五的要求。你们公司能无偿出资,一步到位,再好不过。"王副主任说。

"修路已经开始,追加投入的事耽搁不得。请王副主任费心费力。"乔洋说。

公路修建工作已经启动,修改标准,追加资金,牵涉许多问题。层层上报到县里,县里答复是先按原来计划修建。刘副总和乔锐建议,修路的事就不要管了,将来需要拓宽道路是将来,车到山前必有路。乔洋反对。乔洋着急,第二天傍晚他将县长堵在县政府办公大院门口。县长笑着说他真有个会，下班了照样要开会。乔洋毕竟是城里公司来扶贫的董事长，县长就客气了几分。双方约定晚上九点见一面。

县长提前到来。县长不谈修路的事，跟乔洋谈论扶贫。县长接触的公司老总中，乔洋对扶贫比较了解，也看准了扶贫将是各级政府农村工作的重心。县长说："从你们的谈吐看不出什么虚假的成分，就是说你们是真心来扶贫的。只要你们提出的条件不过分，能共赢，我看没什么问题。"

"将来搞了产业，我们在城里承接产品，成立农产品销售公司，农民增收，公司获利。"乔洋说。

"乔董这话我爱听，这才是真心话。双方既要发展也要发财。"县长说。乔洋心里说，我计划的重点远不在这里。

双方说话投机，县长与乔洋交换了联系方式。县长表示明天就召集有关人员开会，尽快拿出方案，促成此事。县长说话算话，他先是通知工程指挥部让修路工人暂停工作，等待下一步指示。乔洋一行人赴锦荣村委，看到工地停工，工人们坐在路边闲聊。他们知道追加投资的人就是乔洋他们时，都伸出大拇指点赞。道路能比原计划拓宽，有百利无一害。这些建筑工人基本是这里的受益者，当初施工单位招工招本地人目的明显。有主人意识，才会重视修路质量。

"从修建水泥公路开始，锦荣及附近一带人民新的美好生活将被揭开。"乔洋说。建筑工人们表示赞同。他们眼前出现蓝图，尽管模糊，却已突破云层，透出亮光。

第三天，县长那边传来好消息，经县里班子研究后同意追加锦荣修路资金，只要乔洋募捐的资金到位，文件立即生效。乔洋不含糊，立即通知财务汇款。乔洋的行为从工程指挥部传到施工现场，传到锦荣村委干部那里。一些村民也知晓了，只是，目前他们的意识还是麻木的，但相关人员对乔洋扶贫的怀疑由此松动许多。

四

乔洋根据村委干部和肖书记的建议，两项工作同时进行，一项是请来专家寻找水源，建设自来水网；另一项是扩大种植本地辣椒面积。锦荣属喀斯特地貌，地面存不了水，雨水全钻到地下去了。大山深处绝壁旁边，时常有天坑，有地下河流过，也有地下河从岩洞流出，流不远又钻入地下。水源离各村庄通常较远，在缺乏技术的情况下，水源仅仅是水源，不能为人所用。需要请水利地质专家考察规划，设计出科学的自来水管网络。锦荣穷，但锦荣的辣椒全县有名，在全省也曾小有名气。问题出在产量极低。雨水好的年份，辣椒就有收益，干旱年月，颗粒无收，名声因为产量低而被埋没。乔洋准备投入资金，为锦荣、大坪、弄岩三个村的村民购买辣椒苗，待辣椒能采摘时全部收购。不过现在才元月初，正接近全年最寒冷的时候，在高寒山区锦荣种植辣椒要到清明前后。清明前后种植，是黄金时间，辣椒结果时正是早晚温差大的时候，利于辣椒提高品质。清香、纯辣、肉厚，存放时间长，都是锦荣辣椒的传统优势。做成产业，创出品牌，农民增收不在话下。

离春节还有一段时间，留守在家的村民无所事事。因为贫穷，手头无资金，他们做不了别的。乔洋经过走访，建议村民们在荒田荒地种上萝卜，管理得好，春节前后，萝卜苗就能上市。村民们认为这个可行。乔洋让刘副总和乔锐联系种子公司，买来萝卜籽。正好下过两场雨，田地湿润，犁耙平整成垄后，适合下种。锦荣村委干部在钟德明倡议下，带头种萝卜，村里人见了也跟上来。不几天就有更多的村民种萝卜。乔洋许诺，不管萝卜苗长成啥样，都以市场价收购，将来长成的萝卜也如数收购。高寒山区的冬春交接时节，雾大，潮湿，时不时下小雨，萝卜有生长的条件。

乔洋是一个爱思考的人。有一天他见到一位老人在室外烧烟熏腊肉，突发奇想，我们能否组织村民熏腊味？他在公司高层会上提出来，会场上的人哄堂大笑。笑过之后，他们又觉得可行。旭日家电公司投资销售，村民们赚取加工管理费，不也是双赢吗？"不管黑猫白猫，能抓老鼠就是好猫。"

锦荣山区的人年底都熏腊味，按他们传统的自然熏法，味道不错。猪肉经过多种配料腌制，再在高寒山区用传统方法熏制，"美味看得见"。扶贫小组负责人和具体工作人员买下几十头猪，统一屠宰好，将猪肉切成小条，猪头肉以及内脏全都留下，请肉联厂退休师傅腌制好，然后运到锦荣。在村委干部支持下，感兴趣的村民都到村委领走猪肉，拿回去熏制。有肉联厂退休师傅的亲自指导，村民们综合传统和现代两种方法，精心熏制腊味。

水利地质专家寻找水源的同时，地里的萝卜种子发芽长苗，荒地里绿油油的。村村屯屯，家家户户，冒着青烟，走向成熟的腊味飘出诱人的香。萝卜苗可以上市时，腊味也熏制好了。城里人喜欢嫩绿的萝卜苗，喜欢它无污染的高寒山区的清香，喜欢特殊气候条件下熏制的腊肉味道。旭日家电公司销售部抽调一部分人去推销萝卜苗和腊味。萝卜苗受追捧，腊味几天时间也销售一空。除去成本，旭日家电公司有赢利，锦荣老百姓有收入，用劳动获得报酬，都挺开心。

乔洋小试牛刀的第一仗打得漂亮，打出了旭日家电公司员工的信心，也打出了锦荣村民的信赖。

旭日家电公司春节放假前的周末，乔洋驱车来到锦荣。这里的气温比桂城至少低四摄氏度，雾水包裹着天地。浓雾中不见村庄，却能听到村庄里的声音。外出务工人员回来不少，曾经冷清的村庄出现活力。进入锦荣村，雾淡了些。乔洋此行，没有具体目的，就是想见见村里人，见得越多越好。他路上碰到人，跟他们打招呼，对方并不热情。不奇怪，这里的人对陌生来客都不热情。他来到钟德明家。钟德明还住在瓦房里，作为村委一把手，他不是第一个建洋楼的人，心里窝着火。他想像别人一样外出务工，可是不能，家中老小拖累，迈不开步。钟德明老婆泡了茶，说："死鬼上广宁家吃猪血骨头肉去了，广宁家杀过年猪。你要是早来十分钟，也被请去了。"乔洋说："我现在能去吗？"钟德明老婆不敢肯定，她去试一试。她去广宁家告诉钟德明乔洋来了。钟德明说："快叫他来吃猪血骨头肉！"他站起来往家里跑，拉着乔洋赴宴。广宁年轻的时候不和善，现在走向老年，力量不行了，再无打打杀杀的锐气，人变得谦和低调。乔洋掏出两百元现金，塞给广宁，说："上你家吃饭不能空手，其实我就是空着手。"广宁接过礼金，把乔洋请到上席。钟德明给大家介绍乔洋，说他就是拓宽公路的募捐人。大伙儿听了，有的表示感谢，有的人并没有多少表示。他们认为修路是政府的事，投再多钱，也没进老百姓腰包。乔洋多少受了些委屈，募捐这笔修路费，他并不受公司上下待见。但是提到田地里生长的萝卜苗、销售一空的腊味，得利者围过来紧握他的手表示感谢。喝酒气氛好，你来我往，村民自酿的米酒一碗碗倒进肚里。乔洋喝醉了，回不了城。钟德明叫人将他送到岳父的虎山村，住进旁亲家。旁亲一家对乔洋热情，给他泡茶解酒，用热毛巾敷脸。"姑爷你好多年没回来了，我堂哥哥他们一家也是。"外家堂叔说，"我晓得你们全家不喜欢虎山不喜欢锦荣。你再恨它，它也是你老家，再恨也有值得你牵挂的人。钟传广害了你，别人没有害嘛。我们这一带是有坏人，但坏人总多不过好人吧。"过了一会儿，外家堂叔声音低沉地说，"你们恨钟传广扩大到恨老家，我理解，我同情。换上我，也一样。"

外家堂叔颇为伤感，他说："拿酒来，我要喝。姑爷，你既然回来了，我们必须喝。"乔洋头脑清醒些了，他说："喝！"

叔侄俩在昏暗的灯光下喝酒，炭火煮得锅中汤水咕嘟咕嘟响，水干了，再添上。两人只顾喝酒，很少吃菜。乔洋醉成烂泥，第二天还是回不了家。他拨通赵轶男电话，递给堂叔接听。赵轶男没给堂叔面子，她说："他怎么跑到虎山村了？醉死活该！"乔洋拨通儿子电话，儿子说："谁灌醉你，叫谁负责。"堂叔说："我可以负责，你在我家住到过完年我最喜欢。"中午时分，刘副总和办公室一个干事开着车进虎山村。消息是赵轶男还是乔锐透露给公司人的，乔洋不知道，不管是谁，说明他们母子还是很担心自己的。刘副总懂礼貌，他给乔洋堂叔带来过年礼物，堂叔一家很高兴，堂叔一家看中的不是礼物轻重，而是情谊。乔洋的车搁在锦荣自然村，刘副总开车去锦荣，然后干事开乔洋的车回城。天气跟昨天一样，雾浓，伴着绵绵细雨。乔洋去跟钟德明告别，引来众人，他们说："够朋友，下次再来喝。"在主人家喝醉，主人高兴，认为你看得起他。他们送乔洋上车，车开远了，还在原地向乔洋挥手。

赵轶男仍旧生气,她住进父母家一次也没回来。春节就要到了,赵轶男让乔锐带话,春节她在父母家过,让乔洋回自己父母家。她不接乔洋的电话,外家哥哥带话也没用。往年过年,两家父母一起过,加上赵轶男两个哥哥一家,很热闹。乔洋回到父母家,父母早接到赵轶男的通知,已经准备了年夜饭。吃年夜饭时,乔锐也离开,去了外婆家。"怎么了?赵轶男是要跟你散伙?"父亲说。"乔洋做得过分,不要怨人家。"母亲说。

"旭日家电公司不去锦荣扶贫会死吗?!"父亲突然大叫。

乔洋不作声,给父亲和自己倒上白酒,父亲粗暴地说:"不喝!"父亲离开饭桌,往客厅沙发上去了。乔洋喝掉自己杯中酒,又将父亲那杯干掉。母亲坐在对面,一言不发,小心翼翼地吃着菜。前几天去过虎山村,乔洋还没跟母亲细说。他絮絮叨叨谈起多年后再去虎山村的感受。母亲似乎在听,又似乎没听。乔洋大谈跟锦荣村民大吃大喝的爽快劲儿,最后他说:"他们真的变了,他们都留我,要继续跟我喝。"

母亲说:"人心又不是石头,你们公司募捐那么多修路资金,又给他们销售萝卜苗、腊味,他们如果还是石头心,真就是畜生了。不过,锦荣萝卜苗真好吃,高寒山区生长的萝卜苗味道盖天下。能畅销,不奇怪。"

"人与人无沟通无交流无包容,就会永远陌生敌对。"乔洋说。

"道理谁不懂?可是道理与情感有时是难以统一的。我就不明白,你真的不能理解赵轶男受伤的心?"母亲说。

"我感同身受啊。你不觉得我在破解赵轶男的难题,为她的心寻找出路吗?"乔洋说。

"好吧,我这个哲学教授白当了。好在我已退休,也不是什么教授了。"母亲放下碗筷,也去厅里沙发上坐下,陪着沉默的父亲沉默。

乔洋一个人喝闷酒。儿子虽不胜酒力,也能喝个一二两。外家两个哥哥和岳父母都有酒量。高寒山区的男男女女都能喝两杯,这跟环境气候有关。时势造英雄,地域生民俗。往昔过年过节,这一大家子可热闹了,而这个大年夜,唉。乔洋轻轻叹气,连喝数杯闷酒。

五

水利地质方面的专家寻找到多处水源,相对来说,这些水源容易引入村庄。锦荣各自然村分散,要有不同的水源。经过化验,水质全都上等,符合直接饮用标准。专家们根据水源和各自然村实际情况,一村一策,因地制宜,设计自来水网,用于饮用和果蔬种植。对于干旱稻田,需要临时打井抽地下河水。乔洋跟村委干部和肖书记等商量,那些无法保水的荒田,可以用来种植经济作物,喷洒水管能到,就能保证植物茁壮成长。自来水施工阶段,乔锐待在锦荣村。到锦荣村扶贫,他心里从没痛快过。他能接受这个工作,完全是出于对公司的忠诚,公司下达的任务他没理由拒绝。但是,锦荣又是他心里的痛。他负责监督水塔施工和水管安装。主水管延伸到锦荣自然村,到了钟传禄家门口时,乔锐叫工人不要开连接口。钟德明说:"这里住着钟传禄和钟传广两兄弟,水管不安三通管,他们就用不上自来水。"乔锐说:"这房子都要倒塌了,哪里住着人?"钟德明说:"现在没住,不等于将来不住。有消息说,这两兄弟要在原址建新房。"

"人呢？"乔锐说。

"钟传广和他儿子侄儿不在，钟传禄在家的。不过，他住破房子里。"钟德明说。

"不开口，听到没有？我的话无效吗？"乔锐对施工人员说。

钟德明这才想起，乔锐是赵铁男的儿子，有理由恨这家人，钱是他们公司出的，安不安水管，他说了算。钟德明便不再申辩。"还有，钟传禄兄弟俩的田地，也不允许供水！"乔锐挑明了对钟德明说。

钟传禄就在远处的雾里，这里发生的争辩，他听得真切。眼下他家住的破房由村里一户人家曾经的牛屋改造而来。外出务工的多，种田的人少，在家种田的人也从牙缝里省出钱买了"铁牛"。村里一头牛都没有了，牛屋失去作用。那户人家见钟传禄一家可怜，三番五次前来求援，这才借给他暂住。钟传禄住的"牛屋"，乔锐记下了，水管铺到那里时，仍然拒绝给他家供水。钟传禄跟弟弟钟传广不一样，人老实，不爱说话，除了贪小便宜以外，并没有做过偷抢之事。钟传广带着儿子侄儿抢劫偷盗，钟传禄一清二楚，但他不制止。看到他们抢劫或者偷盗来东西，他羡慕并毫无愧疚地享用。他最多提醒弟弟儿子侄儿"小心"。他有贼心无贼胆。这几年，身强体壮的人都到全国各地务工去了，偷盗抢劫现象少了许多，社会治安好了些。潜到外地的小偷，改不了毛病，机会来了仍然偷盗。除非这些人找到了好工作，或者有过一次心灵的震撼，深刻认识到自己的过错。有统计说，在外偷盗被公安机关处理、坐牢的，锦荣有不少。这些活，乔洋跟肖书记、钟德明喝酒时谈到过。肖书记赞同，钟德明不置可否。

自来水管布网进度快，家庭用水和浇灌用水的管线都到了位。锦荣自然村基本完工，虎山村基本完工，附近自然村也快要完工了。布完锦荣村的自来水管网络，下半年或者明年，旭日家电公司将为特别缺水的大坪、弄岩自然村无偿建设自来水管网络。旭日家电公司扶贫以锦荣为主，然后辐射到周边。大坪、弄岩村村委干部到锦荣来拜访多次，希望公司能尽快帮他们解决用水问题。

乔洋抽空到锦荣检查自来水建设工作，钟德明和肖书记陪着他，质量监督，村里干部也有责任。一路检查而来，乔洋比较满意。管线已布好，只待水塔蓄水，到时水龙头一开，甜甜的泉水哗啦啦喜人。钟德明有心事，钟传禄、钟传广两家饮用灌溉都没供水，跟不跟乔洋提起，钟德明心里没底。毕竟钟传禄兄弟俩是乔家的仇人，法律制裁了，并不一定就消除了乔洋心头的仇恨。进入锦荣自然村，乔洋来到钟传禄兄弟俩倒塌一半的老屋前，说："这地基还要吗？"钟德明说："要，兄弟俩说了，等有了钱就在原址上建新房。"乔洋说："为什么不开口安装三通接头？"钟德明说："我工作失误，工作失误。"乔洋给刘副总打电话，叫他立即派人来补上。钟德明红着脸说："我工作没做好，向乔董事长检讨。"乔洋说："我知道怎么回事，不关你的事。我推测，钟传禄兄弟俩的田地也没开供水口吧？"得到肯定回答，乔洋再次给刘副总打电话，交代清楚。

"你不恨钟传广兄弟了？"钟德明说。

乔洋眼睛盯着钟德明，说："你说呢？我爱人一生都让他们一家毁了，我能不恨了？"

"你大人有大量，大人有大量，一定有好报，好报。"钟德明说。

"能做到乔董事长你这样的，估计不多。"一旁的肖书记说。

乔洋不说话，迈开步子。他脸色难看，伤心往事再次令他心绞痛。

转眼到了辣椒种植时节。高寒山区春天来得晚，种辣椒时间比山外晚一两个月。晚有晚的好处，同样品种，与山外形成销售时间差。锦荣辣椒名气大，不成规模，产量低，自然形成"饥饿销售法"，辣椒一上市就被一抢而光。旭日家电公司扶贫组跟村委商量决定，大量种植辣椒，今年上半年以种植辣椒为主，创建辣椒之乡，真正打出锦荣辣椒的品牌和销路。旭日家电公司出资，组织人培育了大批辣椒苗。这些辣椒苗都是本地辣椒，传统种法产量低。当地老农分析，产量低主要是干旱原因，能解决浇灌问题，产量会提高。今年建了水管，及时给水，效果可以预见。计划汇报给乔洋，乔洋基本同意种植本地辣椒，但又提出能不能引进高产量高品质的辣椒。

旭日家电公司出资，刘副总、乔锐与钟德明、肖书记赴云贵川考察，走访多地，经过比较分析，他们选中四川一地的辣椒苗。这款四川辣椒品质好、产量高，市场占有率高，如果能在锦荣这样的高寒山区种植成功，农民增收不在话下。公司决定用一半左右的田地种植本地辣椒，另一半种植引进辣椒。种何品种，农民可以自由选择。结果，有大半农民选择种本地辣椒。多出的外地辣椒苗，被大坪和弄岩两村的村委干部抢走了。四川那边提供辣椒苗，也提供技术服务，他们答应上门服务两次，即最关键的两次。辣椒种下后，后续管理由肖书记等村委干部负责。但旭日家电公司扶贫工作组的事情并没有完，他们一边准备将来的销售渠道，一边设想辣椒之外的多种产业。按照经验，收获辣椒在中秋节后半个月接近尾声，空下来的时间和田地，不能闲着。扶贫工作组挺忙的。刘副总和乔锐都是在城里长大的，这次算深入接触农民农活儿了。成天田间地头行走，他们的鞋和裤脚沾满泥土。村委为他俩准备了床铺，时间紧的时候，两人就住村里。有时候，肖书记也住下。

在家的钟传禄选择种植引进辣椒。他总躲着乔洋、乔锐。乔锐在村里待的时候多，钟传禄有压力，喘气都不敢用力。他家老屋通水，"牛屋"通水，稻田通水，辣椒地也通水。他没被乔洋抛弃，心存感激。引进四川辣椒时大家因为怕水土不服种不好，不看好，他选择种，他愿意为乔洋、为大伙儿做试验。他以这种方式感谢旭日家电公司。旭日家电公司提供苗、肥料和技术，收购辣椒，农户只需出劳力，为种植户解决了后顾之忧。但他觉得光在心里感谢还不够，他让钟德明带话，感谢乔洋一家。钟德明不管，说："感谢的话你当面跟乔洋和乔锐说。"钟传禄不敢接近乔洋、乔锐。乔锐高大威猛，虽然戴副近视眼镜，看上去却凶巴巴的，有股蛮力。乔锐说话总是粗声大气的，似乎并不友好，特别是他知道钟传禄就在附近时，那种盛气凌人，叫人胆寒。这些年，钟传禄心中对乔家的愧意加深，所以惧怕。

种植辣椒的农户积极性很高，白天他们忙碌的身影大部分时间在辣椒园里。乔锐负责随时向四川方面讨教技术，对方电话传授，然后，乔锐传给农户。钟传禄得不到乔锐亲口传授，但钟德明传给他。钟德明问乔锐："技术要传授给钟传禄吗？"乔锐不回答，板着脸。问过多次，乔锐生气了，说："你烦不烦啊？"钟德明跟肖书记商量，肖书记笑他木头脑袋。钟德明似乎明白了，他去钟传禄辣椒园悄悄传授技术。有了水，天再干旱，也不怕。上半年，锦荣一带再次遭遇干旱，山上植物叶子都打蔫儿了，但田地里的庄稼和经济作物却长势良好。村民们抽地下水抗旱。辣椒开花时节，四川那边的技术员过来指导。花开得好，技术员说，这是丰产的征兆。山外辣椒上市时，锦荣辣椒才开始挂果。城里人听说锦荣种植连片辣椒，周末来参观游玩。钟德明在自家地里采摘成形的嫩辣椒丢进火塘烧烤，吹干灰，丢进大碗，放入大蒜、豆豉、适量盐和温开水，用小木槌捣碎。火烧辣椒搁在路边，供参观者品尝。两个品种都有，游客分辨不出哪碗是本地的，哪碗是引进的。

"有酒吗？"有游客吃了辣椒，勾出酒瘾，开玩笑说。

"辣椒现在卖吗？"

"不卖。等辣椒红了时。"

"辣椒红了，一定要通知我们。"

为了将广告做大，乔锐组织人制作火烧辣椒，让更多的游人品鉴，吃不完的可以打包。钟德明的这个传统吃法给了乔锐灵感，他想先期用火烧辣椒寻找销售渠道。钟德明告诉乔锐，全村火烧辣椒钟传禄做得最好，祖传的。乔锐不信，这么简单的制作还有祖传？钟德明弄来钟传禄制作的，乔锐比较着品尝后，发现真是这么回事。

"用他制作的火烧辣椒做宣传？"钟德明问。

乔锐不表态。钟德明已经摸到他的脾气，不表态就是默许。钟传禄能为宣传辣椒助力，受宠若惊，跟老婆下地采来嫩辣椒，精心制作火烧辣椒。

旭日家电公司扶贫小组已经在县城租下门面，将来当锦荣农产品实体销售店。火烧辣椒在门面一放，前来品尝的顾客排成长队。乔锐将火烧辣椒带到桂城。在桂城，他们将公司一楼改成锦荣农产品销售点，招牌显眼，里面几乎空着。锦荣还没种出农产品，宁可空着也不能欺骗消费者。店里也时不时有一些来自锦荣的蔬菜，现在有了水，农户将犄角旮旯儿的土地种上蔬菜，吃不了的，委托扶贫工作组带到桂城出售。也有少量的鸡鸭。退休的大爷大妈没事总爱来逛，万一碰上有货呢。乔锐留着他们的电话号码，但是有了货并不通知他们，因为货少，满足不了大家，担心引发矛盾。乔锐带回火烧辣椒，还带回一些农产品。每次回来，他尽量不空手。乔锐的车刚停下，在附近闲逛的老大妈围过来，货还没卸，就被抢购光了。乔锐说："大爷大妈们，还有好货，估计你们从没吃过。"乔锐拿出火烧辣椒，瓶盖拧开，香辣扑鼻。大伙儿用手捏着吃，边吃边点头，说好吃。"好吃的还在后头，等辣椒红了时。"乔锐说。

大妈们信息灵通，传播消息的速度快、面积广。当天下午，人虎食品连锁超市的销售总经理就到旭日家电公司找乔锐，要求预订锦荣辣椒。上午他妈吃了火烧辣椒，还带回去让他吃了，以他品尝食品后的灵感和经验判定，这款辣椒将会畅销。人虎食品是桂城的著名超市，网点遍布，借助这个平台，锦荣辣椒的销售前景广阔。双方一拍即合，签订了供销合同。

旭日家电公司的年轻人跟着去锦荣游玩拍辣椒种植和长势视频，他们计划等辣椒红了时，制作完整视频在网上多个平台推送，提高锦荣辣椒在消费者中的认知度。

钟传禄很想知道自己制作的火烧辣椒在县城、大城市桂城口碑如何，他生怕给乔锐惹出了麻烦。他请求钟德明打听，钟德明反馈说："就那样。"钟德明并不明确知道消费者的反响，乔锐对他也是爱答不理的。钟传禄问钟德明："我没惹出什么事吧？"钟德明分析说："应该没有。"乔锐竟然爱上了这一口，饭桌上少了火烧辣椒，食欲大减。钟德明就无偿提供，他说："我做的。"乔锐尝后看他一眼,哼了一声。乔锐吃得出,这是出自钟传禄之手。不知道钟传禄掌握了何等秘籍,简单的一道火烧辣椒,竟做得如此绝妙超群。两人心知肚明。钟德明自此只管提供,不再多言。

　　回桂城前,乔锐准备了当地蔬菜,还有一瓶火烧辣椒。赵轶男还住在父母家,不理乔洋。乔洋有时去看他们,但基本进不了门。他跟岳父母站在门外说话聊天,赵轶男坐在厅里。赵轶男递给父亲钥匙,然后拉上门,把乔洋拒之门外。未来怎么样,乔洋没底。乔锐将蔬菜带到外婆家,外婆手一抓就闻出了老家的味道。外婆想了想,还给乔锐说:"拿去你爷爷家吧。"外婆有顾虑。乔锐说:"蔬菜又不是仇人,我妈也不接受?你做好,不要告诉我妈就行了。"外婆就依了。蔬菜上桌,赵轶男闻闻,觉得与众不同,尝一口,菜还在嘴里,说:"锦荣带回来的?"乔锐说:"老妈你真神,这都能猜到。"

　　"我不吃。"赵轶男吐出来。

　　外公外婆也不吃了。赵轶男脆弱,要时刻站在她这边,依着她。乔锐说:"我在锦荣扶贫,我不吃那里的东西是不可能的。"

　　赵轶男说:"我没反对你吃,你可以吃。"

　　乔锐想起了包里的火烧辣椒,他借故背着人掏出瓶子,往嘴里塞上火烧辣椒。香辣刺激了他的味觉。他回到餐桌上。

　　"我闻到一股火烧辣椒味。"外公说。

　　外婆吸吸鼻子,说:"我闻到了,又没闻到。"

　　"可能我们都出现了幻觉。"外公自嘲说。

　　"不是幻觉,我带了。"乔锐说。他取来,外公外婆看着透明瓶子里的火烧辣椒,犹豫不决。赵轶男丢下碗筷离开餐桌,进入她的房间，并且关上了门。

乔锐拧开瓶盖给外公外婆搛上一点儿，外公外婆想了想，就小心地享用了。他们赞赏、回味、慨叹，却没说话。外公外婆当菜吃，大半瓶不见了。乔锐不敢告诉外公外婆火烧辣椒出自钟传禄之手。但他得到一个启示：来年制作火烧辣椒罐头，鲜嫩的锦荣辣椒一定有它的独特优势。尝鲜的消费者定会追捧。但这个大胆想法牵涉许多问题，比如如何批量生产、如何保鲜；采摘嫩辣椒是否影响红辣椒产量，经济效益是不是最大化，等等，需要论证实践。今年是来不及了。事后他向父亲汇报了想法，乔洋表扬他点子好，今年不妨做些试验。

乔锐将想法带回锦荣。肖书记认为可行，钟德明及一些农户看好。双方论证了一番，难点在于采摘度上不好把握，在于如何批量制作。乔锐在刘副总支持下，决定拿出一块辣椒地做试验。农户怕收成受损，包括钟德明在内，不愿提供试验地。钟传禄站出来说，他愿意拿出辣椒地供"科研"人员做试验。乔锐没表态，他不表态就是默认。钟传禄要求参与试验。钟传禄是最佳人选，乔锐又默认了。乔锐不参与试验，他不愿见到钟传禄。乔锐去城里的玻璃瓶厂联系业务，他试着买来两百只瓶子，容量350毫升。这个量正好够一桌人调味食用。钟传禄纯手工制作，采摘，投入炭火，配料，全部一人完成。火烧嫩辣椒，即做即食，味道好，但要保质保鲜，需要多次试验。以前，配料里不放高度白酒，现在他凭感觉往实验瓶里滴上几滴高度白酒。不管滴不滴白酒，存放期限只有六天。第七天开始，味道变了，质量也变了。试过数十次，都达不到理想状态。保质期太短，如果不能及时销售，就产生损失了。钟传禄不服气，他就是要在不添加保鲜剂、保留原汁原味的同时，增加保质时间，他的第一个目标是能保质三个月。他做了一百瓶，以一周为一个时间点，观察保鲜情况。这里试验还没完成，那边嫩辣椒果肉开始变硬，肉也越长越厚，失去了火烧嫩辣椒的条件。没有科学手段，试验难度大，但有科技参与，又失去纯手工特色。虽然试验不成功，但有一个发现，采摘嫩辣椒，能让同株辣椒长势更好。最后大家达成一个共识：明年，有兴趣的农户可以在管理好辣椒的同时，制作一些火烧辣椒上市，打个"短平快"。钟传禄的失败并没有白费，为来年总结经验教训提供了参考。

六

驻村工作队和村委干部按照中央统一部署，开展贫困摸底，为精准扶贫提供有力支持。经综合测评，钟传禄被评为贫困户。不久，一对一的扶贫干部入村。锦荣的辣椒也在初秋时节红了，绿色叶片下火红一片。种植户忙于采摘，乔锐他们忙于销售。一筐筐红辣椒在清晨和傍晚分批装上大卡车。7月1日前完全竣工的水泥公路派上了用场，两辆大卡车相遇，能小心而顺利通过。本地传统辣椒产量创历史新高，从四川引进的辣椒适合锦荣高寒山区气候和土质，产量比本地辣椒高了差不多一倍，而品质不比本地辣椒逊色。种植户用他们辛勤的劳动换来了保护价格，有了一笔收入。进入锦荣的精准扶贫干部感到幸运，别的乡镇贫困户找不到致富方向，而锦荣的农户已有了依靠，有了组织。精准扶贫干部只需要宣传好用好扶贫政策就行了。锦荣辣椒成熟晚，填补了辣椒销售的低谷，再以它的高品质畅销无阻。县城里来的游客买不到现成辣椒，自己下园子采摘，体验了一把劳动的乐趣。辣椒采摘结束,锦荣农户在肖书记、钟德明等引导下,拔掉还没枯萎的辣椒树,翻耕土地,种上萝卜等蔬菜。种子和菜苗由旭日家电公司提供,蔬菜成熟时,以保护价全部收购。种辣椒获了利,农户种植蔬菜的热情空前高涨,眼下锦荣包括大坪、弄岩村,很少有荒地,全都被利用起来。

  钟传禄家是无房贫困户,他按政策申请了住房贷款和补贴,自筹的部分,他用种植辣椒的收入填补,不够的部分向村里人借。借钱虽然困难,但最后还是借够了。今年留守村里的农户种辣椒都有了收入,手头不像往年那么紧。钟传禄是村里少数无住房的贫困户之一,别的人家,虽然住房条件也差,但毕竟还有房住着。在锦荣,不外出务工,没人能建得了洋房。按今年这个势头,在农村种植作物,积攒两三年也能建起小洋楼。村民都有了信心,也愿意先借钱给急着建房的钟传禄。从无偿获得供水和辣椒苗开始,钟传禄老婆就用土法喂养了十几只鸡,元旦前,鸡已长结实,钟传禄把它们全部捉到村委会,两只送给肖书记,剩下的送给乔锐。刚开完会的乔锐跟人在村委办公楼里闲聊,钟传禄见到他,勇气又没有了。乔锐到锦荣一年多来,没给过钟传禄一个笑脸,正眼都没瞧过他一回。钟传禄自认为活该,儿子兄弟侄儿做出那等恶劣坏事,想要得到对方一个笑脸,那就太不要脸了。钟传禄在门外站着,冷风带来细雨,扫过他的身子。

  钟德明看到了他,也明白他的意思,却装傻,待在屋里不理会他。后来肖书记请钟传禄进去。肖书记时常入户,他见过钟传禄家的鸡。肖书记早看上钟传禄家的鸡了,他说:"这么好的鸡自己不留两只?"钟传禄说:"不留了,这十几只鸡远不够人情呢。"肖书记说:"辛苦了一年,也不能太亏了自己,要对自己好一点儿。你家新房开建了,春节前就能建好,明年春天就可以住新房啦。"钟传禄脸上堆着笑,又迅速发愁起来。肖书记说:"国家政策好,又有乔董他们旭日家电公司帮着,你建房的贷款借款,能按时还上。"

钟传禄说:"我不愁还不上贷款借款,我愁乔洋董事长不收我的礼物。"

乔锐板着脸说:"还真说对了,我们家不可能收你的礼物。我们之间没有友情,只有仇恨。"

现场气氛凝固了。

肖书记掏出两百元现金塞给钟传禄说:"这两只鸡优惠给我好了,我不能白要你的鸡。"钟传禄不要钱,钟德明说:"肖书记给你,就拿着,他哪能白要你的鸡。"

见钟传禄接了钱,肖书记说:"谁把这两只鸡宰了,我请客,见者有份。"

钟传禄不知如何处理那些鸡,钟德明嘴巴凑近他耳朵说了几句悄悄话,钟传禄就挑着鸡回家去了。

虽然不是正宗土鸡品种,但由于用土法喂养的,鸡肉扎实鲜嫩。两只鸡把村委干部和公司扶贫干部捏在一起。钟德明提供土酒,另外的村委干部提供蔬菜。这既是新年前的聚餐,也是年度总结会。回想这一年的工作,他们做得顺,得益于乔洋他们公司极大的支持。资金投入、产业种植、销售,都给解决了。有消息说,镇里要评锦荣村委为年度先进,还要上报县里,他们脸上自然有光,心里也有愧。镇里领导前些日子召开相邻的三个村委干部开会,希望他们协作起来,共同打造一艘航母。意见容易统一,因为这正是乔洋他们公司的总体战略。

第二天,刘副总和乔锐回桂城,刚到公司,钟传禄送的鸡就到了。钟德明安排的，村里有个包工头要开着皮卡返桂城，钟德明得到信息，就安排了。乔锐说把鸡卖掉。刘副总说："别呀，这么好的鸡，你卖给别人，我们为什么不买下呢？"刘副总自作主张，给乔洋留下两只，剩下的都分配到别的副总名下。乔锐打电话问外公："有锦荣纯土鸡，要吗？"外公跟外婆商量了一下，同意。外婆不敢在家里杀，拿到大儿子家处理。晚上，赵轶男吃到上等好鸡，眼睛扫视父母儿子，他们都低头不接话。赵轶男喝了鸡汤，对乔锐说："给你爸留了吗？"

"留什么呀，叫他过来吃不就得了？"乔锐说。

"不行！"赵轶男这一年都没跟乔洋说过一句话，也没正式见过一次面。家里人也没觉得她过分，乔洋伤害了她，她做出正常回应当属有理。

接近春节，赵轶男不声不响地回到家。乔洋推开门，见到正在拖地板的老婆，欣喜若狂，上前搂她，她抄起拖把阻挡他。赵轶男虽然回了家，却仍旧不跟乔洋说话，坐在一张饭桌上吃饭，她低头不语，乔洋谈天说地，她当耳旁风。她收拾次卧，单独住。乔洋心里明亮，赵轶男能主动回家，就是良好的开端。年夜饭又恢复了大家庭聚集，由于赵轶男不跟乔洋说话，气氛还是欠了点儿。聚会期间，大家回避扶贫话题，乔洋跟乔锐独处想谈扶贫话题，乔锐不同意。乔锐这孩子敏感，他不想在家里任何时间谈论扶贫的事。旭日家电公司年终总结时，其中有一块是扶贫，一年下来，公司投入很大，光靠销售辣椒蔬菜收入远不能填平。这一年公司因为扶贫的支出，综合经济效益也只是微薄赢利。肖书记、钟德明分别给旭日家电公司送来感谢的锦旗，桂城的各媒体还有省级主流媒体做了报道，社会效益不小，可是公司员工内心大多还是没那么自豪。大年初四，锦荣村委干部带着五六个村民给乔洋拜年。乔洋说不能只给他一个人拜年,应该给公司拜年。几个副总被召集来。公司在饭店安排大圆桌宴请村民。

"我们村从没给任何单位和外人拜过年,"喝到舌头不好使的时候,钟德明说,"钟传禄要求来给你拜年,我不同意。他何德何能?他儿子弟弟侄儿坏事做绝,他有什么脸面见你?"

乔洋轻轻推开钟德明,说:"多吃菜,少喝酒。"

"钟传广和他儿子,还有钟传禄的儿子,今年过年没回,要是敢回,我把他们绑起来送给你处置。"钟德明继续说。

乔洋赶紧岔开话题,离开座位去敬酒。

七

春节过后,乔锐去锦荣上班。扶贫工作也讲究一年之计在于春,春天规划好了全年,科学描绘好蓝图,才有美好的日子。一对一精准帮扶干部聚集在村委,天气不错,帮扶干部们不用全挤在办公楼里,可以在室外阳光下讨论、制订生产计划。国家政策好,发展产业有补助,保水护林有补贴,各种保障措施一应俱全。锦荣穷,贫困户在全县最多,下来的扶贫干部也就多。除去种辣椒,还可以种别的经济作物,养鸡鸭牛羊,办养猪场。只要你想干敢干,国家就有扶持政策。

小白大学毕业不到两年,她顶替退休的战善金来扶贫。她第一次接触扶贫工作,许多问题不懂,她以为乔锐是大学生村官,就来向他请教。乔锐对填写扶贫表格一知半解,他带她去请教肖书记。两人聊着聊着就熟了。说到战善金,乔锐有印象,因为战善金工作投入,全心全意帮扶。尽管还有几个月就要退休,但他为扶贫对象争取政策,跑上跑下,不辞辛苦,当成自家的事。乔锐受到感动。乔锐如数家珍地谈论战善金,然后说:"战善金是你我学习的榜样。"小白说:"我被单位点名顶替老战扶贫,当时想不通,我对农村不了解,心有余而力不足。老战找到我,他说中国是一个农业大国,你不深入接触农村,不深入了解农民,你就不能深刻了解中国,容易形成偏激的观点,严重地说,会影响世界观,连岗位工作都不一定能做到优秀。老战说得蛮严重的。呵呵。他将贫困户送他的一只鸡转送给我,还有辣椒和其他蔬菜,于是,我的味蕾'背叛'并收买了我的心。哈哈!"

"你一个城里女孩,能一对一帮扶,难能可贵。"乔锐说。

"你不也一样?你一个城里男孩,还代表公司,主动参与国家扶贫项目,你和你们公司都了不起。"小白说。

"我们公司扶贫,反对意见很大的,如果不是我父亲强势,根本压不住。"乔锐说。

"可以理解,私企嘛,效益一般的话,自身还难保呢。"小白说。小白是桂城的公务员。

"但是,作为一个商人,我父亲并没那么傻吧……"乔锐说。

"哦?"小白惊奇地望着他。乔锐却离开了。

在村委会书记、委员和帮扶干部的引导建议下,这一带农户全面动起来,各种接地气的产业雨后春笋般冒出来。除了国家政策,农户们有需求的资金问题、建设问题、水电路问题,都找乔洋他们公司,乔洋想尽办法帮助解决到位,对农户有求必应。农户把感激记到国家扶贫政策上,也记到乔洋他们公司头上。乔锐和刘副总在锦荣一带备受农户尊敬,邻里间遇上纠纷,年纪轻轻的乔锐一出面,矛盾就化解。他们给乔锐面子,乔锐说怎么解决，矛盾双方便让步，问题很快顺利解决。乔锐作为旭日家电公司的专业扶贫人员，待在锦荣的时间比小白多得多，小白不在，他把小白的帮扶对象当成自己的，对帮扶对象有了更多的关怀。有一天，帮扶对象那户女主人说："小白是你女朋友吧？"

乔锐承认，对小白有好感，脑子里时常闪出她的音容笑貌。回到桂城，他主动约小白逛公园、看电影。小白还在乔锐陪同下，去人虎食品连锁店看锦荣农产品销售情况，参观乔锐他们公司郊外正建设的锦荣农产品集散中心，还有旭日家电公司锦荣农产品销售店。自己扶贫的地方，农产品受消费者追捧，小白有成就感。两人频繁约会，关系发展快，随着那晚电影院里两人的手不约而同地握在一起，恋爱关系确定下来。两人去肯德基，偶遇乔锐的外公外婆。外婆偶尔吃一次肯德基，她喜欢这个味道，外公不喜欢，但外公会在外婆请求下陪同。肯德基店里年轻人居多，鲜有老年人，外婆单独来吃，怪不好意思的。外婆必须拉上外公，心里才踏实。遇到外孙，外婆如在沙漠中遇到甘泉。小白、乔锐跟外公外婆坐到一起，外婆豪气地说："我请客。"

外婆知道了小白和乔锐的关系，高兴，比平常多吃了一只小鸡腿，外公也打破常规，啃起鸡翅。乔锐、小白因为在锦荣扶贫认识，有缘。"我外公外婆就是锦荣村下辖的虎山自然村的。"乔锐说。真是巧，小白的扶贫对象就在虎山村。外公外婆分别给小白讲述扶贫对象的过去，同一个村里的人，外公外婆对扶贫对象太熟悉了。"于桂花一家真是可怜。"外公说。于桂花就是小白扶贫对象家的女主人。"于桂花跟老公赵大华经常只有一条好裤子，谁走亲戚谁穿。"外公说。

"她家现在不一样了。我同事给她家捐了许多新旧衣服,一年四季都穿不完。"小白说,"她家去年种植辣椒收入不少,慢性病医疗费也能报大半。再有一年,她家就能脱贫了。"

乔锐说:"我去的这一年多,亲眼看到了锦荣的变化。每个自然村都通了自来水,村委间建成了宽四米五的大水泥公路,自然村间公路也在修建当中。"

"真想回去看看。"外公说。

"回呀,我陪外公外婆回。"小白说。

外婆叹气,说:"想起老家我胸口就疼。"

小白想听乔锐解释,乔锐和外公都低下头,不想说话。后来独处的时候,话几次到嘴边,小白都咽下了。乔锐感觉到了,有一天晚上,在公园,在不能清晰地看到人脸的情况下,乔锐给小白讲述母亲的遭遇,他们全家人的伤痛。

"我同情你家的遭遇,理解你外公外婆舅舅,特别是你妈妈的感受和处事方式。换位思考,要是我,我也像你妈妈一样憎恨故乡。"小白说。

八

乔锐约小白周六到郊外游玩,周五晚上小白突然爽约,说明天有急事。什么急事她不说。乔锐被小白抛弃,担心她,又埋怨她,做着乱七八糟的猜测。小白拉着乔锐外公外婆回锦荣老家去了。周五中午乔锐和小白才一起吃了简餐,晚上九点,小白接到乔锐大舅电话,说外公外婆想回老家看看,十多年没回去,挺不住了。小白笑着说:"大舅,不光是外公外婆想回老家吧?"大舅承认,他和小舅也想。回老家的事,不能告诉赵轶男，小白就对乔锐隐瞒了。小白开车，载着外公外婆和两个舅舅回老家。辣椒长势喜人，田地里到处有劳动者的身影。产业做大，种植辣椒也发财，小白说："过不了几年，勤劳的农户人人都能发家致富奔小康。"到达岔路口，小白停住车，说："这条公路是新修的，比原规划宽出七八十厘米。水泥公路一修好，就派上了用场，两辆大卡车会车基本能通过。乔洋叔叔有眼光。"外公外婆头伸出窗外看公路，两个舅舅跳下车踏在公路上。"好漂亮。"他们由衷地说。快到锦荣自然村，大舅见到路边采摘嫩辣椒做火烧辣椒罐头的钟传禄，心被击打一下，骂道："畜生！"小舅听到骂声，猜想哥哥看到了仇人。回头时，车过去了。

"你骂谁？"小舅说。

"我骂畜生。"大舅说。

"骂得好。畜生，不得好死的畜生。"小舅说。

小白眼神好，远远地就见到了钟传禄，她有意加快车速，不想，大舅还是见到了。钟传禄还在研究火烧辣椒能保质三个月以上的课题。经过村委办公楼前，外公说："村委挂了牌子，我们离开那年还没这栋洋楼。"外婆说："一路上没见到几个人，都外出打工去了，跟我们十多年前离开时一样，村上人少。"小白说："据统计，近十年来，数今年留在家乡的人最多，他们搞种养，自己做主当老板。不过，回来的人仍然不理想。在外务工收入比在家搞种养高得多，风险也小，吸引不了他们回乡。我相信，再过几年，农村有了坚实产业，经济发达了，他们在家乡就能上班，回来的人会越来越多。"车行不远，小白停下车，指着左前方那片正在建设的厂房说："这是酱料厂，马上就要竣工生产，以加工制作锦荣辣椒酱为主。锦荣辣椒的附加值将来就更高了，还能解决当地一些就业。酱料厂是乔洋叔叔的公司投资兴建的。再往左进去两公里，有一个大型养猪场，年出栏超过五千头，是个现代化养殖场，乔洋叔叔的公司占大股份。能安排不少人就业呢。"

"变了。"外公说。

行走不远，四级公路的岔路过去就是虎山村，今年扶贫资金下来，硬化了道路。"我们不下车，免得村里人看见。"外公说。

"都回到村里了，不下车，不是白回了吗？"大舅说。

大舅回家心切，他跳下来，大步走向老屋。小舅跟在后面。路上不见人，留守的都外出劳动了。外公外婆只得下车。老屋有一股霉味，厅堂的柱子也有败坏的迹象。"不能住了。"大舅说。"当然不能住，想回来住必须建新房。"小舅说。两兄弟分有宅基地，老屋边上，一人一半，老屋，兄弟俩也一人一半。地基宽，能建两座大洋楼。老屋内部及周边，还是原来的样子，十多年来没遭人破坏。十多年前，外公外婆带着两个舅舅，全家老小毅然决然离开老家，当时就想过放弃老家，再也不回这个伤心之地。赵铁男差点儿截肢，最后双腿残疾，全家万箭穿心。村里安静，看过老屋，外公外婆催大舅小舅快离开，趁村里无人，快躲到车上。"不往村里走走？"大舅说。"不要给村里人晓得我们回来了。"外婆说。

一家人回到车上。小白发动车，说："外公外婆大舅小舅，要不要车游老家？"征得同意，小白开着车在大小公路上转悠。尽管恨钟传广一家扩大至恨整个老家，但回到故乡，丈量故乡大地时，他们心里还是有股幸福激动的暖流。车继续行走，经过一个山坳，外公叫停车。他指着右前方山岭说："那里就是我的墓地，你的在左边。"外婆看了左边又看右边，说："记得，道叔帮我们看好的。"锦荣这一带，有人喜欢生前就请风水先生把墓地看好，有的人生前将自己的墓地建设好，如果能自己抬，去世后都不想麻烦别人哩。

"注定是你两人的，就跑不掉。"大舅说。

定好的墓地，主人要向全村人宣布，村里人就自觉避让，比如不开垦，不在十米内种植。小白插话说："听我的扶贫对象于桂花两口子讲，近年锦荣偷盗现象很少了，抢劫事件几乎为零。外出务工的多了，务工有了钱，谁还去偷抢？过几年，锦荣所有人都脱贫致富，社会治安会更加好。"

"是啊，有钱了，还有谁去偷去抢呢？"外公外婆赞成小白的观点。

"有了钱，人的心思大都放在精神追求方面了。"小白说。

"帮助穷人脱贫致富，其实就在帮助自己。都有钱了，社会就稳定，大众消费水平提高了，干任何行业都顺畅。"小白又说。

回到桂城时已到了傍晚。乔锐这一天不断给小白发微信，询问她在干什么。他着急、焦虑，小白开车忙，陪外公外婆大舅小舅忙，没能及时回复，回复也只是简单一两个字，使乔锐更加猜疑。乔锐在小白家小区凉亭等候，见到她的车，猛扑过去，然后劈头盖脸地埋怨、指责。小白问心无愧，始终面带微笑，她说："我干什么去了，总有一天我会告诉你的，你着什么急嘛。"

这一年，锦荣及相邻的大坪、弄岩村村民们，收入比上一年翻倍，实现了整村脱贫。春节前，外出务工的陆续回乡，回来的大部分人决定来年不再外出务工，准备留在家乡创业。钟传广和儿子钟小虎、侄儿钟小龙，也随回乡过年的人流回到老家。钟传禄的新楼建好了，与之相邻的钟传广的宅基地杂草丛生。老屋差不多倒塌，之前钟传广一直没回来，钟传禄也无法跟他商量如何处置。现在钟传禄住进新的二层半楼房，钟传广一家暂时住在钟传禄家。

"明年开春后，启动建新房计划吧。"钟传禄说。

"我钱不够。在外这么多年，没技术，年纪大，体力不如人，没挣到多少钱。"钟传广说。

钟传禄看看儿子和侄儿，两个小子低头不语。钟传广说："他俩也没挣到钱，开支又大，哪里存得了钱。"

"春节后，我和小虎还得出去——小龙你出去吗？不然，没有活路。"钟传广继续说。

"在外闯荡不出名堂，不如留下来。外面就那么好吗？"钟传禄说，"留在家，种你自己的田地，我跟你嫂子种不了那么多。按你们三人这能力，在家种经济作物强过在外漂。"

"锦荣没有我们三人的位置，自从抢人家钱财，逼人家跳崖，我们就成了过街老鼠……"钟传广说。

"乔洋一家容不下我们，他们在锦荣威信高，我们会受排挤，受打击报复。"钟小虎说。

"容不下我们，很正常。"钟传禄说，"容不下我们家，我们不能记仇，相反要感谢乔家。你们不能再往外跑了，该把根扎在家乡了。"

钟德明听说钟传广带着儿子侄儿回村，过来看望。同宗同根，钟德明了解这一家人的处境，也建议钟传广三人留在家乡发展。过年前一天，钟德明引路，钟传禄一家两代四人来到桂城，来到乔洋家楼下。钟德明给乔洋打电话："乔董，你们全家下来吧，钟传广一家请罪来了。"

钟传广、钟传禄、钟小虎和钟小龙跪在单元门前，他们每人背一根荆条。邻居围观，问他们什么意思。"我们全家犯下大错，来向乔家请罪，请你们劝乔家人下来惩罚我们。"钟传禄说。

"你们犯下什么大错？"

"一言难尽，是永远也不能弥补的大错。"

"既然不能弥补，你们负荆请罪就弥补上了？"

"不能。任何方式都不能。"

围观的邻居掏出手机拍照拍视频，然后发到小区邻里微信群。乔洋一家通过邻居在群里的"现场直播"看到了楼下发生的一切。他们不准备下来见钟传禄一家。乔洋担心乔锐冲动，冲下楼去揍人，警惕着他的动向。小白也担心，她紧紧搂着乔锐。赵轶男不停流泪，然后说："让他们滚，不想见到他们！"乔洋给物业经理打电话，叫保安将他们请出去。

春节过后，有一天大哥来跟赵轶男说想回去建房子，老家空气好，又安静，适合养老。赵轶男平静却咬着牙说："我早料到你们会这样的。都回去，回锦荣回虎山去吧！"大哥欠着身子离开。他知道回老家扎根，进一步伤害了妹妹，可是自从上次回了一趟老家，他的魂又回到老家。大哥选择了一个妹妹心情略好的时间，正式跟妹妹提出回家建房。赵轶男没有表态。大哥怀着内疚的心情回乡寻找乡村建筑队去了。二哥受影响，也动了回乡建房的心思。在桂城这样的大城市，兄弟俩在妹妹妹夫无私的关怀下，小日子过得不错，但他俩始终认为，锦荣才是他们真正的家，他们的根之所在。乡村建筑队同时为兄弟俩建楼房，资金到位，建得快，三个月就竣工了。房子建好，装修好，兄弟俩并不想立即回去住。有了新房，他们就有了对故乡的牵挂，根也开始紧扎在故乡。

锦荣村民又经过两年辛勤劳作，都走向了富裕。国庆过后，乔洋组织公司人员把生产的家电送往锦荣。村民富了，家家户户都新购或者更换了家用电器。这一带人与公司结下了深厚的友谊，公司倾力帮扶的品行，让村民们十分信赖公司。公司家电产品价钱公道，一批又一批家电产品销售一空。不止这一带，镇里别的村委也前来抢购。公司声名远播，全县乡村都知道。公司服务跟上，村民订了货，他们送上门来。这年，公司综合利润翻番。

2020年7月，赵轶男对小白说："时常听到你们说锦荣如何如何，我才不信！你就快成我家媳妇了，不应该拉我回锦荣看看？"小白爽快应允。消息走漏，小白的车行进到村委会路口时，路两旁站满当地村民，他们给赵轶男鞠躬致意。钟传禄兄弟和儿子侄儿四人跪在人群中向赵轶男磕头谢罪。赵轶男悲喜交加，对小白说："场面太吓人了，加大油门，全速前进！"小白似乎没听见，反而松开油门。小车渐行渐缓，几乎要停下来。

周家失火

周家失火一周后，冯雨得到消息，当即坐动车赶回。周家与冯雨没有关系，两家不过就是沱巴镇上的远邻居。下动车，坐上开往沱巴的班车，看着一车子沱巴的乘客，冯雨有回到家乡的感觉。"周家发生火灾了，是吗？"冯雨明知故问地问身边的一个男子。"是的，一个星期前。"男子懒洋洋地回答。"火大吗？""大。""救了多久？"冯雨再问时，那男子闭上眼睛装没听见。车上人对周家失火这个话题不感兴趣，七天来，他们已经将此话题谈得无滋无味。

车上大约有人认出了冯雨，他站在冯雨一边说："谁跟冯雨说说呗，他在省城工作，还不知道周家失火的详细情况。"

没人接话，过了一会，一个人闭着眼说："你就不能给冯雨讲讲？情况你同样清楚。"

接着，车上就沉默了。大约有一刻钟时间，车上鸦雀无声，直到又见到车窗外那个裸奔的男疯子。

这会儿，冯雨来到周家。

"损失不小。"冯雨站在火劫之后的房前说。周家失火的是附楼，附楼是祖屋，墙体为烧砖，内部为木头结构，传统的沱巴山区房屋。

"还好，邻居帮忙，救火及时，老屋只烧掉一半。"周家主人周天说，"非常感谢镇上邻居们，我刚从道道家道谢回来，至此，我终于感谢完了所有需要感谢的人。"

"就没有需要感谢的人了？"冯雨说。

周天想了一会，嘴巴轻轻动着，手指勾数，回答说："该感谢的都感谢了，连当晚急得狂叫的土狗洋狗我都感谢了。"

"不对，还有一个人必须感谢。"

"谁？"

"我。"

"为什么?"

冯雨半个月前回沱巴探亲。他结束消防培训班学习不久,满脑子的消防意识,眼里安全隐患遍布。他在镇上走过来走过去,提醒镇上人注意防火,消除所有隐患。态度好的配合一下,态度不好的不当回事,态度恶劣的反感冯雨。周天就是态度恶劣者之一。

"我家柴火就堆这里了,你想怎么样?触犯哪条法律法规了?"周天大声质问冯雨。

"天干物燥,柴火很容易起火。柴火前面是稻草,柴火后面是老屋……"

"滚,你是咒我家发生火灾吧?!"周天驱赶冯雨。

走了一条街,冯雨不服气,又回来劝导。周天锁上大门不见冯雨。冯雨把稻草拢成堆,捆好,搬到开阔安全的水泥地上;那堆柴火也扎成捆,放到安全地方。周天知道后,嘴里骂着不好听的话,将稻草、柴火放回原处。"谁再多手,我砍掉他的爪子!"周天说。

冯雨给人普及消防安全知识,提醒消除安全隐患,打扰到了镇上人,他们一个接一个上家里告状。冯雨父亲说:"要么你回省城去,要么闭上你的嘴。"冯雨选择回省城。

"你家火灾因稻草起火引发柴火起火,殃及老屋。我郑重提醒了你……你现在,难道不应该感谢我?"冯雨说。

"稻草和柴火都搬回了原地,引发了火灾,我为什么要感谢你?即便我按你的意思,挪开了稻草、柴火,火灾没有发生,我又凭什么感谢你?所以,挪开不挪开,我都没有理由感谢你。"

"你要感谢我带给你的深刻教训。"

"我呸！世上哪有这种感谢？"

冯雨叫镇上人来评理，镇上人大都跟周天一个观点，这怎么能成为感谢的理由呢？冯雨索要感谢的理由，在镇上大多数人眼里不成立，他们认为冯雨不应该索要感谢和表扬，冯雨的"吃相"不应该这么难看。冯家人在镇上一向是厚道形象，冯雨的举止有伤名誉。冯雨在镇上游走，遇上人都要给对方讲"感谢"的道理。他站在一个废弃的石磨上高声演讲，引来不少人，当他们听到冯雨演讲的内容是有关"感谢"时，人群散去一大半。一天内，他做了不下四场同样内容的演讲。

"你疯了，快回省城去。"当晚，父亲对冯雨说。

"周天必须感谢我，明天我还要去劝他感谢我，还要上街宣讲。"冯雨说。

早上，周天一家还没起床，冯雨就在门前讲道理了，周天一家烦他，匆匆洗漱好，各自忙去。周天在沱巴旅游市场做生意，卖山货卖土特产，他老婆在玫瑰香精一条街卖香油香精玫瑰护肤品。冯雨尾随在周天后面，索要感谢。

周天求助市场上开店做生意的人，他们没来，市场管理员来了。"你给冯雨一个感谢，就那么难吗？"市场管理员说。

"我都感谢不少于 100 人了，谁说感谢很难？可是，不该感谢的我半句感谢都不会说。"周天说。

劝不住双方，市场管理员就离开了。

来旅游市场购物的游客很多，周天忙不过来，冯雨帮他。一位游客说："你俩这个店山货质量不错。"

"这个店我没有份，我是来索要感谢的，得到感谢我就走。"冯雨说，"斜对面的冯氏土特产店才是我家的，我父亲的。"

冯雨在周天的店里待了一上午，中午时分离开前，冯雨说："下午我还来，我一共有三天假。"

三天时间，冯雨宣讲十八次，求助了三十个人，仍没得到周天家的感谢。即将回省城，冯雨还想做最后一次努力，他来到周天家。周天闻讯，紧闭大门。冯雨对周天放下话："我会一直索要下去，直到你亲口对我表示感谢。"

"快回省城治病吧，晚了，医院关门了。"周地从家走过来，声音很大。周地是周天的弟弟，兄弟俩的家紧挨着。冯雨不等周地靠近，快步走近周地，拉周地回到家门前。"你家的防火意识相当淡薄，防火常识十分缺乏。"冯雨一口气指出周地家多处消防隐患，最后说，"不听我的话，当心发生火灾。"

冯雨的话一语成谶，不到十天，周地家失火。起火的是他与周天分清了界线的老屋。周地家火灾损失比周天家大。火灾发生后好几天，冯雨终于得到消息。他回到沱巴，阴沉着脸在大街小巷穿梭。有人躲着他的眼睛，有人想跟他说话，终究没说出来，然后逃走。他最后来到周地家前那根一米高的石柱上，整个人坐在上面，两只脚晃晃荡荡。

"你坐在上面想说明什么？"观察了他许久的周天问。

冯雨不说话，目光在周家两兄弟遭受火灾的房屋间来回游走，干燥的风从他腿间吹过，撞上柱子，噼噼啪啪怪叫。

"你又是来求感谢的吗？"周地也过来了。

"你会给我感谢吗？"冯雨问。

"不会。"周地说，"我宁可感谢风，都不会感谢你。"

"我早知道，所以，我这次回来仍然是求感谢的。"冯雨说。他试图站在石柱上，能够眺望更远处，让更多的人看到他。风太大，他没有成功。他在做最后一次努力时，身子倾斜，不得不跳下来。

与上次不一样,他每到一处都不吭声不演讲,只拍响巴掌引人注意。天黑,冯雨回到家,正准备上桌吃母亲精心烹制的晚餐,门外来人,火把照亮周天周地两兄弟的脸。

"出来,纵火犯!"周天说。

"我们家没有纵火犯,牢房里才有。"冯母说。

"冯雨就是纵火犯,他一回放火烧我家房子,二回放火烧周地家房子。"周天说。

冯父挥手叫周家两兄弟后退到门外,轻声审问冯雨:"你纵的火?"

"不是。"

"周家兄弟的意思是……"

"疯狗乱咬人。"

"你确定没纵火?"

"确定,很确定。"

冯父给周家兄弟打手势,唤他俩进来。"冯雨没烧你们的房子,你们快熄灭火把离开。如果想坐下来喝一杯,我欢迎。"冯父说。

"冯雨为了证明我们兄弟俩家有严重火患,偷偷放火。两场火灾,都发生在天黑容易下手的时候。"周天说。

冯父问冯雨:"这是真的?理由倒很充分。"

"不是真的。理由再充分也不是我,我不需要这种理由。"冯雨说。

"周家兄弟,你们的推测是不合逻辑的瞎想。"冯母说,她是沱巴镇小学的语文老师。

"冯雨就是纵火犯,"周地说,"纵火动机就是证据。"

"快走吧,我们家不会出纵火犯。"冯父抢过周家兄弟的火把,丢在自来水龙头下面,拧开开关。

火把灭了,周家兄弟胸中的怒火并没有熄灭。他俩的怀疑在沱巴镇上迅速燃烧蔓延。清晨,冯家被人团团围住,周天带人堵在屋前,周地带人把守屋后。冯雨被吵醒,他站在阳台上,伸伸懒腰,然后走下楼,来到院子里。冯雨对铁栅栏门外围观的人群说:"跟着起哄,都不长脑子。"

"你有脑子,你倒解释解释。"

"我没纵火,我解释什么!"

"你有什么证据证明你没纵火?"

"你有什么证据证明我纵火?"

"你为了证明自己的聪明,你的预见,你超人一等的防火意识和知识。你想高高在上。"周天说。

"镇上刘家公子考上北大都没回来证明自己最聪明,你不就上了个省属大学吗?尾巴翘上天了!"站在周天一边的一个人说。

冯雨听后没生气,相反捂着肚子大笑。冯父打开铁栅栏门,放人群进来。抽烟的人,都领到了冯父递过来的烟,冯母一一给他们递茶。冯雨走出家门,向镇子广场走去,人们跟上他。全都集中在广场后,冯雨走向台阶最高处,说:"我没有纵火,我愿意跟你们一道寻找起火的原因,如果是人为的,决不姑息。"

回到省城不久,冯雨接到公安电话,周家兄弟已报警,直指冯雨纵火。"你是自己回沱巴镇,还是我们去抓你回来?"公安干警说。声音耳熟,冯雨判断是王超。"我没纵火,我不回沱巴。"冯雨回答。

第三天，王超带着两个干警来到省城。王超是沱巴镇上人，比冯雨小五岁，现在是沱巴镇派出所副所长。"你问吧，我很忙。"冯雨说，"我是不可能跟你走的。"王超不审问，说要审问必须到所里。双方语言冲突一会，冯雨没忍住，狠狠推了王超一把，勾起了王超脾气。王超犹豫了一下，还是铐走了冯雨。人一铐，在别人眼里，问题就严重了。且不说冯雨单位，冯雨戴着手铐出现在沱巴街头时，有人已经认定他就是纵火嫌疑犯了。

所长参加由王超主审的审讯会，冯雨手中的手铐已经打开，他双手自由地在空中比画，说警察随意铐人违法。王超不认为自己错铐，他强调冯雨袭警自己才采取强制措施。所长摁灭烟头，叫冯雨、王超不要打嘴炮。

审讯开始。

"第一场火灾发生时，你在哪里？"王超问。

"省城。跟一群朋友在饭店吃饭。"冯雨说。

"第二场火灾发生时，你在哪里？"

冯雨顿了顿，说："我在离省城50公里的梅庄市，我骗老婆说出差，其实我在会一个旧女友，是从前的红颜知己。她从外省来，我得尽地主之谊。我担心老婆误会，我难以解释，才撒的谎。"

"你在撒谎。两场火灾你都是纵火者。"王超提高声音，示意一旁的朱干警把两个目击证人叫进来。朱干警出去，一会儿空着手回来："证人不见了。"

"去把证人找回来。"冯雨说。

王超瞪冯雨一眼，叫朱干警去找证人。朱干警没找回证人，找来周天周地。"证人呢？"王超问。"跑了。"周天说，"镇上有人看到两个证人匆匆搭乘班车离开。"

"这两人不愿作证,因为害怕作证。"周地说。

"你们怎么找到的证人?"王超问。

"他俩分别叫邹白宝、唐锦荣,主动来作证的,关键时候却跑了。"周天说,"一定是受到了冯雨的威胁。"

"作伪证是要吃官司进局子的,这两人醒悟得早,值得表扬。"冯雨说。

"闭嘴!"所长对冯雨吼。

"都拿不出我纵火的证据,是吧?"冯雨说着,从口袋里掏出一个信封,是他不在火灾现场的有力证据。一张多人签名的当晚的餐票、一张那晚住梅庄国际大酒店的住宿发票。"如果不信,可以深入调查。"冯雨补充说。

朱干警上网查了冯雨的住宿记录,冯雨无纵火的条件;那张签名的餐票也暂时可以证明冯雨不在现场。从省城到沱巴,没有五个小时,不可能到达。这些都是证明冯雨无条件放火的旁证。

"你俩还有什么新证据吗?"所长问周天周地。

冯雨获得自由,从审讯室走出来。王超跟在他背后,说了声对不起。冯雨说,光说对不起没用,请我喝顿酒吧。王超说,我基层民警收入低,我请客你出钱,我倒是愿意的。冯雨说声"抠门",向派出所外面走。大门外聚集着打探消息的人。冯雨摊开双手,向人群表示他没纵火。

冯雨向镇里走去,他那双防火意识很强的眼睛到处挑刺。他在火凤路停住脚步,面前又是周天家。沱巴镇上的房子,除了政府和职能部门的,都是私人的平房或小楼房,家家都有院子。

"你快走,你是灾星,你在哪里停留,哪里就遭殃。"周天用扫把驱赶冯雨。

"这一路走来,你家火灾隐患最大,小心二次失火。"冯雨一点点指出来,并拿出建议整改的意见。周天一家听不进,他们全家合力打跑冯雨。

回到沱巴,冯雨就想多待一日。第二天,他睡到上午十一点,下午去旅游市场。购物的游客不多,开店做生意的大都闲着。

"真不是你纵火?"有人问冯雨。

"是我。两场都是我。"冯雨严肃地回答。

"你是怎么纵的?"

"第一起火灾,我点燃报纸丢进干柴;第二起,我直接点燃干柴。"冯雨说。

"吹牛!你今晚再点一个看看。"

"那天,我说我没纵火你们不信;今天,我说我纵火你们也不信。你们真难伺候。"冯雨来到他父亲的店里,做力所能及的事。

夜晚8点5分,沱巴在昏暗的街灯里显得安静而模糊,就在人们都准备或者正在晚餐时,周家老屋又起火了。前面说过,这老屋周天周地兄弟俩各占一半,一半属周天一半属周地,用木板分界。

整个镇子呼天抢地。

全镇力量出动,县城赶过来的消防队到达时,火势得到控制。起火原因跟前两次一样,消防那边没有给出最令人信服的结论。

第二天早上,周天、周地站在几乎成为废墟的老屋前哭诉。

有人安慰说，老屋烧了，你们兄弟俩有理由建新楼了。以前你们想扒掉建新洋楼开旅馆，镇里不是不批吗？现在，镇里不能不批，不敢不批。镇长就在人群中，他听后没有表态，但是人们看到他的脸色是同情的。

冯雨昨晚参加了救火，下午，他因为心里难过，准备回省城去。但没走成，派出所又来找他了。

这回的证人是周天、周地两兄弟，他们表示目击了冯雨放火的过程。双方被带进派出所。经过分别对原告被告双方的审问，周天周地提供的目击过程有漏洞，干警反复追问，兄弟俩才承认，他们没目击，但怀疑冯雨纵火。冯雨这边，他拿不出没纵火的证据。7点50到8点5分间，冯雨不在家，他无法证明他待在哪里，也就是他的不在场证明无人证明。他说他的确害怕发生火灾，正在巡逻的路上，周天家老屋突然起火，他是最先到达火灾现场的救火人员之一。

前两回，冯雨证明了不在火灾现场，这回，他拿不出有力证据。

派出所拘留冯雨，继续审问。到天亮，也没审出结果。派出所放了冯雨。人们越来越怀疑三场火灾非自然因素导致，人为因素占比最大。冯雨是镇上人重点怀疑对象。冯雨回到省城后，请来消防专家。专家们考察分析了一个星期，也没找到起火的原因。因为，人为因素，天气原因，都可能是直接原因。可能是风刮来的一个带火的烟头，可能是风刮来的一粒火星，还可能是天气太热，极干燥的杂物自燃；当然，也完全可能是人为纵火。

派出所立了案，发动全镇人提供线索，捉拿纵火嫌疑犯。

几年过去，无人提供有价值的线索，纵火案成了悬案。镇上一些人对冯雨的怀疑并没有消除。

周家兄弟俩被火烧成废墟的老屋，像个病了很久的老人，让人可怜让人害怕。老屋没烧前，周家兄弟到镇上申请扒旧房建新楼开宾馆，镇里没批，因为不符合当地政策。现在，老屋只剩残垣断壁，符合重建政策，周家兄弟却不申请建楼。镇上人似乎知道原因，又似乎不知道。只是，多年过去，镇上没再发生火灾。

沱巴镇依靠美丽的自然风光和玫瑰香精产业，乡村旅游越发红火。导游领着游客游镇子，经过周家烧毁的老屋，总要介绍它的过去，最后说："这里曾经连续发生过三起火灾，你们知道纵火者是谁吗？"

游客自然回答不上来。

"纵火者叫冯雨。"导游说。

正说着，冯雨出现在面前。他昨天回到沱巴的，他每次回来，都喜欢在大街小巷转悠。

见到真人，游客兴致上来。"给我们说说当年纵火过程呗。"有游客说。

冯雨看了这群游客一眼，又看看导游，平静地说："你们问问天，问问地，再问问这座老屋。"说完，向巷子深处走去。

跟 VB 星球人生活的两年

我是玫瑰镇著名傻子，今年33岁，智商停留在5岁。但我30岁时，一夜之间智力超群，掌握了世界上多个学科的先进技术。两年之后的32岁，一夜之间我智商又回归到5岁。这一起伏变化都是因为李清杰。

李清杰来自无限遥远的VB星球。

凌晨3点10分，李清杰乘坐的飞船停留在玫瑰镇足球场。飞船不大，发光，光线明亮却不刺眼。李清杰跳下来，飞船里面传出声音说："我们尽快来接你。"飞船无声无息地垂直飞向天空，正在熟睡的十万玫瑰镇居民无一人发现。VB星球已经前后有6艘飞船造访地球，而李清杰为脚踏地球土地第一人。VB星球人的长相跟地球人不同，按我们的审美观，他们长得矮小丑陋，但他们的科技水平、文明程度超过地球500年。

李清杰的VB星球名字叫什么，他曾告诉过我，但我没记住。他的发音在地球上找不到，地球上稀奇古怪的动物发出的声音都不奇怪，李清杰的天外之音古怪得叫人记不住。他似乎早就做过功课似的，直接走向我的家。深秋的玫瑰镇天气变凉，半夜空气里弥漫着寒冷。李清杰脚不着地，像人在失重舱行走，他的特异功能来自身穿的衣服和鞋。他的行头能克服地球的引力，将身体送到离开地面的任何位置。他可以在地面行走，也可以在几十层楼高的空中飞跑。

因为我是个牛高马大的大龄傻子，镇上个别人拿我取完乐后抛弃我。父亲是玫瑰镇上的生意人，非常有钱，他给我一个人安了家，带着母亲和我弟弟生活在另一条街的豪华别墅里。我的吃喝父亲公司有人专门帮我打理，那个叫金朴的妇女按时过来给我收拾屋子，买菜做饭，给我洗澡，待我睡下后再回家。

我通常睡得早，父亲刚开始过夜生活时，我就已经睡下了。

李清杰推我家上锁的门，像推空气。他站在我床前扫描我身子，取走我身上所有信息。我叫李堂华，李清杰立即给自己取名李清杰。金朴留在我家里的几本杂志成为李清杰学习我们语言文字的最初教材。VB星球飞船多次经过地球，他们收集过地球的信息，但非常有限。李清杰从足球场到达我家途中，已经完成玫瑰镇的大信息采集工作，现在他需要掌握玫瑰镇人的语言。镇上人还在睡，除了呼噜声和小孩醒来的哭声，话语还不丰富。

从6点开始，玫瑰镇陆续醒来，小小的玫瑰镇上响起了各种声音。借助计算机，李清杰初步掌握了我们的语言，当我面对他时，他可以跟我对话了。如果地球人最高智商是100的话，我只有5；但智商100的地球人在VB星球那里也只有5。李清杰带着的微型计算机无所不能，神奇无比。我成为傻子，是因为我脑子结构出了问题，具体说，多条神经链条搭错了地方，致使细胞公路被堵，智力得不到发育成长。李清杰的计算机镜头对准我脑袋，我脑子内部清晰地呈现在他的计算机中，我错误的神经路线、错乱的细胞一目了然。计算机用¢¢光对我手术，手术不痛不痒，我在手术中甜甜地睡眠。从出娘胎那刻开始，入过我眼的场景一一进入我的记忆。人只要见过听过，所有信息就趴在我们记忆海绵中，有的能留下，有的被渐渐挤出去。而我，虽然是个傻子，记忆细胞跟所有人一样，信息只是处于睡眠状态，但只要激活或者修复，就能再现。

李清杰完成我正常大脑结构后，¢¢光标停在记忆区块，沉睡30年的记忆细胞迅速被激活，并且迅速生长。

街上，整个玫瑰镇热闹起来，生活的声音、经验进入李清杰的捕捉器,成为他知识的一部分,也成为我的记忆。我变成了一个完全正常的人。李清杰造访地球的目的是什么?后来他告诉我,没有特别目的,他只是想到地球玩玩,做一次小小的星际旅游。

我没上过一天学,幼儿园都没上过。该上幼儿园的年龄,母亲把我带在身边。当我一切行为跟不上同龄人时,父母开始着急,到处寻医问药。一直治疗到我25岁,父母才彻底绝望。我花掉了父母许多钱,用父亲的话说光是我的问诊费就要了他大半个公司的收益。

现在我是一个正常的文盲。金朴留下的杂志,如同天书。

金朴向我家走来的时候,李清杰能感知,而地球人只有听到脚步声甚至敲门声、叫门声才知道有人到达。远远地,金朴的目标信息李清杰已知道,包括她中途会不会耽搁、会不会突然改变主意都算得清清楚楚。在我们地球人眼里,李清杰就是神。其实神与地球人的区别就在于对未来信息捕捉的快慢,对过去是否记得透彻、宽广。

"你会向金朴透露我吗?你会。但我有办法让你保密。"李清杰说。他闪电一样的思维,我跟不上,我想什么准备干什么,他一清二楚。

金朴开门进来,李清杰已不知去向。

我下床,整理好床铺。

"金朴姐早上好!"我说。

金朴看向我身后,不相信对她打招呼的话语出自我的嘴巴。"别看了,是我。"我说,"今天开始,你不用来服侍我了。"

"你神经了吧?!"金朴两只眼睛瞪着我,"我是不是要打电话叫精神病医生?"我把她吓住了,她甚至说我是鬼魂附体,或者我已经死亡,变成了鬼。

"别害怕,我就是人。"我笑着说。我去刷牙洗脸。金朴跟在我身后,她的惊叫一个接一个。金朴已经服侍我七八年了,她比我大3岁。她长得还行,没上过高中。当年她到我父亲公司应聘,所有人都笑话她,因为父亲要求大专以上文化。办公室文员筛选材料时,她当笑话说给父亲听。父亲要求看材料,看了照片后父亲说,把金朴留下单独招聘。毫无疑问,父亲招金朴来是给我当保姆。金朴尽职尽责,有了她对我的照料,他跟母亲一百个放心,父亲把全部精力放到生意上,母亲则精心培养我弟弟。我弟弟正在北京大学上学,学的是计算机科学技术专业。

"李堂华,你怎么突然就正常了呢?"金朴不解地说。平时我上厕所从不关门,因为不知羞。而今天,我把她关在厕所之外。知道便后冲水、洗手。

房间我已收拾整齐,将换洗衣服丢入洗衣机。我虽是第一次操作洗衣机,但一次成功。别的屋子一向整齐,这样一来,金朴就没活干了。

我俩一起下楼,上街吃早点。"小金,又带傻子吃早点啊!"见到我俩,熟人打招呼。"你才是傻子!"金朴回击说。我俩在固定的那家米粉店坐下,我拦住金朴去买票。金朴还是不放心我,跟我身后。

"两碗三两米粉。"我递上钱对老板说。老板看着我:"你会说话啊?"我说:"你不是也会说话?"老板说:"可是你是个傻子啊!"我说:"你才是傻子!"

老板伸出手指说:"请问,我有几个手指头?"

我的智商已经正常,虽然没上过一天学,但基本数字自然还是会数的。但我偏不说，我说："你有六根手指！"围观者大笑。在我们玫瑰镇，说人六根手指，是骂人的话。老板尴尬地收钱递给我小票，嘀咕说："傻子能说话，铁树都开花。"

昨天之前，金朴还喂我吃米粉，今天我就能自己吃个痛快了。顾客围住我俩看稀奇。"看什么看，没见过人吃米粉吗？"我对他们说。我口气和善，围观者不生气，有人问我："你怎么突然就变成人了呢？"

吃完米粉，我像镇上正常人一样，起身往碗里添汤，以热汤驱散秋天早上的寒气。最后用口纸抹掉嘴上的油水。从前，这些动作都是金朴帮助我完成的。

我向父亲公司走去。理论上，父亲还没上班，他最早也要9点才到公司。街上许多人都认识我，我以大傻出名。在我们这个十来万人口的小镇，几乎人人知道我，我的名字成为他们骂人傻瓜的代词："看你，简直就是李堂华！"

我和金朴并排走着，我比她高半个头。她长相过得去，不漂亮但也还算讨喜。她33岁了，还没嫁人。在玫瑰镇，她的条件不算差，嫁个男人不是难事。但她的名声不好。她每天服侍我，帮我洗澡，陪我睡觉。我虽是个傻子，但毕竟具备所有成熟男人的生理特征。许多小伙子接受不了。条件差的大龄男人倒是有想娶她的，她看不上。街上有人对我发出讥笑，有的人遇上不高兴的事，只要见到我，一乐，烦恼就没了。这30年来，我做过许多他们印象深刻的可乐的事。

在我是傻子的30年里，玫瑰镇大多数善良人给予我同情和怜悯，那些爱拿我取乐的极少数人只是善意地讥笑，没有幸灾乐祸的意思。黄氏香精厂的黄广仁对我极好，尽管在香精生产上父亲是他的对手。黄广仁可以不跟我父亲说话，但爱逗我玩。

他每周都要跟我玩至少一次。黄氏香精厂在镇子东边,我住西边,他下班后穿过街道,顶着余晖向我走来。他每次给我带不同的玩具,据说这些玩具有助于开发智力,有的玩具镇上没有,他出差到北京上海广州武汉等大城市时给我买回来。他甚至到广州一家玩具厂要求专门为我开发玩具。玩具厂为难,因为毕竟玩具对开发智力只是辅助性的。黄广仁强烈要求,对方答应下来。玩具厂还真认真开发,专门组成了一个团队。父亲对黄广仁的行为不理解却十分感动,在行业大会后,父亲执意请黄广仁吃饭,黄广仁不答应。黄广仁说,他最看不得残障人士,想想心都会疼得流血。这是他的真心话,镇上的残障人士每年都能得到他的帮助。他对我好,仅仅出于人性,与别的任何方面都无关。也许是黄广仁人品好吧,企业经营得风生水起,黄氏香精厂产量销量经济效益占玫瑰香精行业半壁江山,不仅是市里,还是省里香精行业的龙头。

父亲不在公司。公司里只有两个保安和三个保洁员。保安还没睡醒的样子,无精打采地坐在门卫室。"金朴,你怎么带他来了?老板说过不让带他来的。"其中一个保安走出门卫室挡住我和金朴。

"我父亲公司我不能来吗?"我说。

保安揉揉耳朵,看看金朴。金朴呛保安说:"你才是傻子。"

"你俩昨晚值班到现在?"我说。

"还有一个小时就换班了。"保安说。

"父亲不让我进公司的理由是什么?"我质问保安。

保洁员对我视而不见,跟金朴也不打招呼。这三个保洁员都羡慕嫉妒金朴,想取代金朴。金朴工作轻松,收入高,公司里没人不羡慕。我虽弱智,但不是疯子,不乱打人咬人,因此除了干些可笑的事，并没给金朴添麻烦。金朴对自己的工作相当满意，哪怕暂时嫁不出去也不辞职。金朴带我在父亲公司转，开着门的办公室都进去了。父亲的公司是风险投资公司，只要赚钱，任何项目都投。他已经投资了六家公司，在有的公司还是大股东。父亲早年开始就开芳香厂，手艺都是爷爷辈传下来的。玫瑰镇盛产玫瑰，玫瑰是做香精的重要原料。香精分食用和护肤两种。玫瑰镇的香精厂有许多家，形成一个大的产业。父亲的芳香厂效益一般，在镇上处于中等偏下水平，远不如他做风险投资来钱快挣钱多。父亲投资的项目有酒店餐饮和电子等行业。父亲是玫瑰镇上最大的老板，他说话分量重。父亲生活中也有一提及就心疼的烦恼。我的存在令父亲不快乐，我这个傻子给父亲添堵。我母亲将父亲的军：你智商太高，把大儿子的占了。父亲倒是想做个平常之人，也愿我有平常人的智商。父亲几乎不提我，他通常提我弟弟，弟弟才是他的骄傲。

父亲到公司后，冷静地反复对我进行了智力测试，确认无误后狂笑着趴到沙发上，继续狂笑。那一刻我真怕父亲疯掉。父亲站起来拥抱我，反复看我，好事来得太突然，最后他以号哭来发泄内心的委屈和曾经有过的磨难。父亲公司全体员工停下手中工作过来看我，他们对我一遍遍鼓掌。母亲闻讯赶来，一句话也没说，一个劲地哭。

李清杰能够隐身，还能在天空行走奔跑。中国神话小说里仙人做得到七十二变，来无踪去无影。我怀疑古代小说家写的是他们亲眼所见。当时外星人造访地球，古代文化人没科技知识，误以为是天上来的神仙。李清杰能隐身能在空中行走，依仗了VB星球高度发达的科技，首先是材料的革命和计算机的巨大革命。神仙是存在的，他们通常属于科技高度发达、社会高度文明的某个星球的人，比如眼前来自VB星球的李清杰。

这一天下来，李清杰从玫瑰镇跑到我们的省城，学习了现有的科技文化教育卫生等知识。"你们地球太落后了。"李清杰对我说。他身体有些不舒服，空气污染所致。我说玫瑰镇的空气已经非常透亮了。李清杰说，在我眼里，玫瑰镇的空气污浊不堪。虽然空气污染，种种高浓度射线在玫瑰镇穿行，李清杰并不害怕，他的口罩可以过滤不利物质，¢¢光可修复身体的任何部位。VB星球人均寿命160岁，如果从长生不老来说，他们的健康科技仍然是有限的。李清杰说在更加遥远的FMM星球，科技发达到了无以复加的地步，那里的人已脱离了肉体，人不因肉体存在。从地球到VB星球到FMM星球，是三重境界。我说地球人去世，灵魂脱离人体，是不是直接就进入了FMM的境界？李清杰摇头否定。我问他，地球人的灵魂包括你们星球人的灵魂离开肉体去了哪里？那是一个怎么样的世界？暗物质世界能清楚地看到我们这个"明物质"世界吗？

我俩闲聊时，李清杰已将我的大脑与他的计算机相连，他把所采集到的知识信息传输给我。VB星球没有学校，孩子所有的文化知识都通过人机连接后从计算机里获得。他们有一个机构专门负责更新知识，然后输入电脑里升级，全球最新科技成果都能在短时间内让全球人知道和掌握。当然，什么年龄段输入什么知识、输入多少，他们有一个评估和科学论证。不上学的孩子疯玩，可以跟组织玩，也可以单独玩，通过玩积累各人的经验，创造未来。VB星球出生率低，许多人选择机器人当孩子。机器人跟人没任何区别，机器人之间组成家庭，人与机器人组成家庭，人与人组成家庭，家庭单元有这三种形态。孩子只要一出生，基本就能活到160岁以上，不需要担心孩子有意外、得病症，他们健康的生活方式和生活环境首先就不易得病，即使偶然患病也有极度发达的医疗。如果你要一个机器人孩子，你可以跟爱人去工厂，通过扫描基因，工厂就能给你造一个孩子，孩子按正常生长速度成长，总之就是一个活泼可爱美丽的孩子。听到美丽一词我忍不住笑了。VB星球人的样子真的丑陋，我希望李清杰不要给地球人见到，否则会吓倒许多人。

VB星球没有汽车，只有城际极速列车。他们经历过无人驾驶汽车的年代，后被新型材料取代，人都能在天空中奔跑了，根本用不着汽车。如果你要去远方，可以选择极速列车。数千公里只需几分钟。VB星球的现在也许就是地球的未来，只是这中间还差着几百年，如果地球科技发展继续缓慢，相差也可能是一千年。

我脑袋里已经装满了地球的科技知识，水平达到清华北大博士毕业，比他们水平更高，因为我掌握了多学科多专业的尖端科技知识。

"李庄华三分钟后给你打电话。"李清杰说。

李庄华是我弟弟，在北大上学，他以全省第三名的成绩进入北大。三分钟后李庄华准时给我来了电话。李清杰只要愿意，就能感知遥远的一个人的所思所想，而且能提前知道。通俗说就是我接下来要说什么话想什么问题，他提前就能知道。

李庄华是聪明人，他没有像父亲那样对我进行智力测试，而是海阔天空地跟我聊天。他给我描述北京和他的北京大学，北京的景物在我脑中闪现（这些知识李清杰已经输入了我的大脑）。聊到宿舍时他改为微信视频，他扫描他们凌乱的宿舍。"同学们快看，我哥，我亲哥！"李庄华同宿舍同学围过来向我问好，鉴于他们是学计算机的，我把话题引到计算机上，我们从硬件聊到软件，聊到计算机程序将改变的世界。"将来世界照明不再需要电，电将被 HU 粒子光替代。"他们第一次听说 HU 粒子光。我向他们解释，HU 粒子光存在于黑暗当中，黑暗到来，只要剥开 HU 粒子表层，就是可见光。通过 HU 粒子光，我们能看到所有暗物质。到那时，家用照明不再需要电线连接的电灯，所有曾经需要电力的机器将由 HU 粒子光驱动；再往前一步，发动机也被淘汰掉，光能直接承载一切动力。信息传输也将更安全快捷。城市不用再竖电线杆，地下不需埋设管道。材料革命后，运输工具变得轻便，大自然赐予我们的光能是唯一的能源。将来的武器不再是导弹，而是 YI 光。YI 光在超级计算机引导下以光的速度精准击毁来犯之敌，YI 光可是一束，也可是一大片。YI 光可以用人工操作发出，也可由计算机在外太空即时制造。

我对未来的设想和描述，李庄华与他们的同学们听得如醉如痴，甚至目瞪口呆。李庄华忘记了我的身份，当作听世界顶级科学家做报告。我的设想，他们能想象，难题在于如何发现 HU 粒子光、YI 光，如何实现计算机的巨大革命等。对此，我也做了大胆的设想，他们信服。

"大哥，你从哪里毕业的？"李庄华一个同学突然清醒过来，问道。

"我没上过一天学。"我说。

李庄华他们舍友沉默了许久。李庄华曾经给同学们说过有个傻子哥哥，他不是出于要同学们同情，而是想广泛撒网，获取治疗我脑袋的信息。我们双方的对话交流持续了两个半小时。

"你大哥并不像你说的是傻子，他能说会道，知识面宽广又深厚，逻辑思维能力极强。"同学说。

"就在昨天，我大哥还是傻子，一个智力相当于5岁孩子的傻子。我也正纳闷呢。"李庄华说。

"要么得到神助，要么就在讲胡话。"

"但他那是胡话吗？哪一点不是科学了？"

李庄华跟他们的同学讨论了一宿，他们老是偏离对我个人的讨论，沿着我未来科技的思路深入讨论。他们感到知识非常不够用，在我面前他们知识面窄，更不深，像个小学生。

我跟李庄华他们聊天时，李清杰不知去向。

金朴敲门到来。她说你真能行吗？我说能行啊，啥都能行。她说你30年来是不是装的？我说你装个给我看看。她笑得全身抽抽。

"我真希望你是傻子，你正常了，我就要失业了。"她情绪低落。

"就是说，你希望我永远是傻子呗。"我说。

"那倒不是。"

第二天，金朴告诉我，她被父亲辞掉了。我去见父亲，父亲说金朴是个不可多得的好保姆，可是我的公司无法安排她。保洁员岗位不缺，别的岗位她干不来。我说我家芳香厂呢？就容不下她？父亲摇头。父亲终究是有良心的，补偿金朴一大笔钱打发她走了。我叫她不要走，先在我家住着。她不干，她说，孤男寡女的住一起，太不好了。她停了停，想说什么，但没说出来。我看她那眼神似乎是想嫁给我。但她又感到不妥，她比我大，而且突然提出这个问题太不礼貌。

我利用三天时间了解完父亲公司所有的情况，对一个项目投资提出个人看法和建议。父亲接受了我的建议。父亲表扬我，说我真是天才。父亲带着我出席工商界人士的聚会，父亲跟人家谈生意的时候，我被安排在身边。对方搞农业开发，做槐花（米）产业，希望得到父亲的投资。对方是谈判高手，几个回合就把父亲难住了。父亲给我使个眼色，我代替父亲谈判。我几句话抓住对方死穴，优势反转，最终达到利益最大化的目的。

"你这儿子太厉害了，我认输。"对方说。

"我还有个儿子，在北大上学，"父亲自豪地说。

"将门出虎子，佩服佩服！"

这天黄广仁上门来看我，他手里仍旧提着玩具。这种新型玩具更能健脑。"谢谢黄叔叔多年的玩具。"我拥抱了黄广仁。黄广仁对传闻的我"突然从傻子变成智者"并不相信。所以他像我父亲一样想着法子对我进行智力测试。他看着满屋子他送的玩具，感慨万千："也许真是我的这些玩具启迪了你。"

我俩喝着茶聊天，我丰富的知识让黄广仁聊不过来。他借机满屋子转，试图寻找神仙之类。我担心他发现李清杰。但是以李清杰的超级智商和隐身能力，黄广仁的凡眼找不到的。"给我说说你的故事，你从傻子突变为聪颖过人的故事，或者说秘密。"黄广仁停住脚步，回身对我说。

"我没有故事，没有秘密，我天天就是这样生活过来的。"

黄广仁略为生气地走了。在下楼时，碰上来看我的金朴，他俩在楼道里说说话。

"给我讲讲李堂华突然聪明的故事或者秘密。"他对她说。

金朴说，不是我保密，我真不知道。

"你知道，一定知道，你24小时在他身边，一定知道。"

"我没有24小时跟他在一起，我俩是清白的。"

黄广仁仰头笑，声音在楼道里嗡嗡响。

我协助父亲完成两项风险投资项目后,父亲决定把芳香厂交给我打理。芳香厂要死不活,作为开创者,父亲骨子里是不服并且不甘心的。父亲让我全权打理芳香厂也没指望我搞出大名堂,能够保持现在水平他就安心了。

芳香厂有二百来名员工,而黄氏香精厂有接近五百名职工。最初玫瑰镇上的香精厂规模都不大,几十人上百人,名称、叫法不一样,有叫芳香厂的,有叫香精厂的,也有叫玫瑰香油厂的,不管怎么叫,都是做芳香类产品,进入新世纪,相继开发美容护肤品。黄广仁的黄氏香精厂发展最快,眼下,无论是生产规模还是人均效益都将同行甩出几条街。黄氏香精厂有一个研发团队,每天都在琢磨如何搞出新香型产品,还有一个包装宣传团队,形成良性循环。我家芳香厂只有两三个技术员,还有两个闻香师。技术员是土包子,而闻香师远不及前几代。在玫瑰镇曾经有一家三代著名闻香师,他们祖孙三代鼻子特别大,嗅觉特别灵敏。但是他们的第四代开始失去这种特异功能,因为除了遗传,重要的还是在于传承和勤于实践,他们的第四代躺在光环里好吃懒做。在玫瑰镇传统的香精生产环节里,技术员与闻香师密不可分。技术员的配方在闻香师的结论下不断调整,最后达到完美。时代不同了,就算还有厉害的闻香师,但消费者对香型要求不断变化。某地,一农场要求生产大粪味香精。玫瑰镇上只有黄氏香精厂做到了。那家农场种西瓜、西红柿,一到成熟季节就有许多贼光顾,每年损失很大。农场主有一天突发奇想,在西瓜地四周喷洒臭精,还会有人来偷吗?农场主找到黄广仁,价给得高,黄广仁一口应承下来。不多久,他的研发团队搞出了产品。农场主非常满意,当西瓜成熟时,偷瓜贼远远地被怪臭熏跑。现在悄悄来让黄氏香精厂生产臭精的用户越来越多,这是一条暗地里的生产线,专供特殊需要。而玫瑰镇大大小小上百家芳香厂无一知晓黄广仁这一秘密。

我召集厂里骨干开会,我看他们全是陌生面孔。父亲基本不带我上芳香厂来,按他的推理,我随时都会往香精原料、成品中撒尿。他们许多人见过我,因为我在玫瑰镇上太著名,他们会好奇地在街上围观我。跟他们交流后,我发现他们思想僵化,激情不再,习惯性地吃着老本。我们的产品走的是低端市场,鲜有中端。低端市场虽然不小,但利润不高。一个产品必须在主流人员中产生影响,才能创出品牌。我问他们有什么想法,他们回答不上。他们的智慧和水平已经用到极致。接着我召开全体职工大会。我做动员报告时,他们在下面交头接耳,共同回忆我当傻子时的种种表现。对于我的前后反差,他们表示像做了一场梦。动员会开过后,全厂又恢复平静。

占领市场首先要有拳头产品,有一拳能打退黄氏香精厂的特别产品。夜晚十点,李清杰从黄氏香精厂偷回来几种美容护肤拳头产品的样品。黄广仁的拳头产品真多啊,形成三大系列许多小系列:欧美区、亚洲区、非洲区,又分东南亚区、中东区;在中国又分华东区、西北区、东北区、华南区。针对性强,人人用了都说好。李清杰通过光谱分析,得出各产品成分和比例。我说,我不能面面俱到,更不能抄袭黄广仁,我得有突破,有独一无二的创新。

我跟李清杰讨论后,决定只做一件事:开发青春液。这种液体必须能真正改变皮肤,使其美白,而不像众多产品那样只是在表面涂抹,掩盖真相了事。这种液体能够渗透皮肤,唤醒沉睡或者老去的细胞,孕育新的、青春的、活力十足的细胞,达到返老还童的目的。

VB星球人能活到160岁，他们并没有制造长生不老药，也从不制造美容护肤品。他们的生活都是天然的，因为他们有最科学的生活方式和最安全的生存环境。VB星球人认为活到160岁是最佳寿命。他们的160年都是幸福快乐的，而地球人绝大多数经历痛苦磨难。160年高质量的生活是VB星球人满意的唯一原因。VB星球曾有过与地球一样的发展历程，有过对大自然的破坏，有过欲望的极度膨胀。我请求李清杰将VB星球科技传给我，我再传给更多的人，让地球弯道超车，实现直升机似的发展。李清杰不答应，他说，地球根本没有准备好，如果补药下得太重，会置人于死地。

玫瑰镇的美丽风光吸引了许多中外游客，特别是中老年人，他们选择在玫瑰镇上长住。这给李清杰研究各种年龄各种肤色的皮肤提供了便利。没用多长时间，李清杰就对各年龄层次、世界代表性肤色、皮肤细胞研究透彻，找到衰老的原因，研究出返老还童方案。现在的问题在于要研究出激活人体皮肤细胞的物质。李清杰查了许多资料，都没有找到匹配物质。VB星球这方面材料的缺失，一时间让李清杰陷入困境。VB星球人能活到160岁，遗传占很大比例。长寿基因是几百年上千年进化而来的，进化过程中VB星球人应该是吸入了一种能延缓生命衰老的物质或者几种物质。李清杰与VB星球无法联系，他们科技虽发达，但因距离遥远，信号中途被黑洞吞没。李清杰携带的微型计算机相当于我们地球人一本书大小，功能异常强大，它不仅能用于计算，还能做一切科学试验。

大约花了一个月时间，李清杰研究出他简称为RE的物质，这种物质能够迅速渗入人体，改变皮肤里细胞的分子结构，使人年轻。RE这种物质由R和E化合而成。它俩分别存在于一些动植物当中，比如香樟树、千年松、万年青，还有海龟。

我和李清杰悄然进入沱巴山区，那里原始森林遍布，古树林立。李清杰早来侦察过了。我们从多种植物中提取树汁，李清杰那台万能的计算机果然厉害，对准树干一扫描，树汁便流了出来。李清杰在深入研究中发现R和E物质其实普遍存在，瓜果蔬菜花卉盆景、猪牛马羊中或多或少都存在，只是含量很低，提取技术要求高。

应李清杰要求，我特意辟出两间办公室做提取试验室。除了我，谁也不能进入。这一时期，收购来做香精的玫瑰花薰衣草等植物全用作提取R和E两种物质的原料。按照我们厂现有水平，或者说，按我所掌握的技术，提取R和E后，都成了废料，但在李清杰手里，它们仍然可以发挥最大作用，仍然能合成新的芳香物质。我跟李清杰做试验，从他那里学到新的知识。

没花多长时间，借助转基因技术，RE成功合成，第一代青春液生产出来。我手里共拿了三瓶新产品。我告诉父亲，我研发出返老还童的青春液，父亲说我瞎胡闹。我心里没底，因为还没做过任何人体试验。我让奶奶试用我的新产品，父亲不让，说万一毁了奶奶的容咋办？母亲抢过去在脸上抹了。

奇迹真的发生了。母亲的脸一分钟一分钟地向青春走回，到第二天早上，母亲年轻至少十岁。母亲身体无任何不良反应。父亲谨慎，待母亲连抹三天（一天一次），脸上皮肤白美充满弹性，父亲终于相信了奇迹。父亲将母亲带到镇长家。镇长太太主要使用黄广仁家的美容护肤品，我家芳香厂生产的，她通常拿来送给不重要的人。镇长一家对我父母好，是因为我父亲在风险投资上的成功。镇长和他的太太没认出我母亲，等确认那就是我母亲的时候，吃惊得后退了几步。

父亲晃晃手中的青春液说，我家出新产品了，返老还童液。镇长太太迫不及待试用，一分钟一分钟地，白嫩在她脸上出现。她"啊啊"大叫。镇长的号召力是很大的，他会场上一句话胜过万张嘴，只是一个半天，玫瑰镇上的人全知晓了。镇长带着青春液前去拜访县长，县长又带着青春液去拜访市长，大大小小的媒体推波助澜，全国都知道了。

我给产品正式命名为青春1号。定价昂贵。但是，地球上有钱人多了去了，他们不惜重金不远万里前来排队购买。我们的生产能力有限，说白了还是提取R和E能力能限。李清杰也无法解决，还有待研究出新的高效的提取方法。玫瑰镇外来人员爆满，吃住都成了大问题。镇长采取人员分流，给来者编号，建议他们住到周边去，叫号供货。新来的不允许入城，还在城门口就被拦住，强行编号。每人限购一瓶，人人平等。省里一个名人要求插队，我没同意，父亲却让她插了队。每人限购一瓶，她则要求低价购买三瓶。销售员不卖，她闹到家里来，给父亲施压，她放出狠话说现在改变主意了，要求低价购买五瓶。我说你这么蛮横，我一瓶也不卖给你。我撕掉她手中的特供编号，并且交代所有销售人员见到这位名人，香味都不能给她闻。没人奈何得了我。父亲脸气得铁青，严厉地批评我说："你闯大祸了！"

父亲毕竟是老江湖，趁我不备，应该说是利用他的老板关系，从厂里搞到五瓶送给了省城来的名人。名人最后似乎良心发现，只要了一瓶。

我问李清杰，涂抹青春1号的人相貌年轻了，身体也会年轻吗？李清杰否定：青春1号只能改变皮肤，不能改变人体的器官。返老还童需要对人体的综合改变，而不是像皮肤这种局部改变。但社会上都误认为这就是返老还童了。他们爱怎么说，说去好了，我懒得解释。

在青春1号的强势之下，整个玫瑰镇的美容护肤产品受到严冬般的打击。青春1号出来前，黄广仁家产品由高、中产阶级消费，青春1号一出，高、中产阶级首先停止使用玫瑰镇护肤产品。连续两个月，玫瑰镇上的美容护肤品没销出一瓶，早先的订购商家也要求退货。我跟李清杰商量，青春1号能不能搞出系列产品，比如1号、2号、3号，分为高中低三个层次。李清杰说，一种产品分三六九等只有你们地球人才干得出。他不同意分层次，每种产品必须做到最高质量。我说青春1号很完美了吗？就没有升级换代产品？李清杰说青春1号已经无比完美，千年之内都不可能有替代品，这是VB星球给地球的终极结论。你要改变的，只有价格，如何定价倒是你的权力。

父亲不同意降价，产品供不应求，降价就是自打嘴巴。我内心里也是不愿降价的，地球上独一无二的顶端产品有它必须有的价格。

我的工作室坚固私密，就是父亲也没进来过。他曾两次想进入，被我严厉拒绝。父亲表示理解。只有一个人知道的事情才是真正的绝密。李清杰有时替我工作，有时他站在我身后看我工作。我已经掌握了青春1号的配方以及制作产品的全部流程。青春1号有它独特的香味，这是地球上唯一的香气，任何一个人，闻到都会迷醉。李清杰的计算机与我的电脑相连，我的电脑能够控制生产的所有环节。每个环节都在掌控之中，因此质量稳定，从来不会出废品。

玫瑰镇芳香行业协会开了多次会，父亲让我参加，他们提出整合全镇资源，联合生产青春1号。言下之意，组建一个集团公司。每天有来自世界各地、排着长队的购买者，如果全镇只生产青春1号，那么产品数量上去了，是全地球人的福音。黄广仁是芳香协会会长，他答应只要我同意组建集团，愿意将会长位置让给我。理事们一致赞成。如果青春1号只由我的厂生产，全镇将有百分之七八十的从业人员下岗，给社会造成动荡。他们为了抱住我这棵大树，有意说得夸张。世界上任何一次变革都会带来新的进步。我研制出青春1号，从事芳香行业的他们，可以研制出长寿香精；也可以研究出果蔬生长剂，让果蔬又香又有营养。一个行业的震动，会制造出另一个新型行业。我不同意组建集团，生产规模上我也不打算扩得太大。当然喽，对于超过70亿的地球人来说，哪怕玫瑰镇10万人都来造青春1号也不算过。但我仍然坚持"饥饿"供应法。我继续单干，让同行们十分失望。

我家芳香厂生产规模扩大一倍，职工也扩大到600人，翻到差不多三倍。我认为这个规模不大不小，比较合适。我请李清杰发表意见，他没表态。他说企业是你的，你做主好了。

通过寻找，我找到了金朴，将她安排进厂包装车间工作。她说找到男朋友了，她主动带给我看，让我参考，如果我说不行，她就换一个。我说你找对象，不能听别人的，我说了不算。她说你的意见很重要。见到她男朋友后，我大加赞赏，说他们是天生的一对地造的一双。金朴哭着离开，她说我在讲假话，原因是我不想娶她。我认真跟她谈了一次，我的事业才起步，无心谈情说爱。她自卑地说，她地位低下配不上我。从那以后她几乎躲着不见我。我私下了解到，她工作很卖力，虽然无技术，但干死活干得很不错。

玫瑰镇上被我打散的芳香就业人员排队要求进我厂工作，我全部拒绝，就是通过镇长来求情我也没答应。选什么样的人，我心中有数。

我求黄广仁进厂好几次了，他每次都不给我笑脸。"干了几十年，居然被毛头小伙子打败。"他痛苦地摇着头，反复说这句话。鉴于他曾经对我好，我愿聘请他为总经理。本来总经理我父亲当着，我当董事长。董事只有我和父亲。父亲的总经理只是挂个名，但这个名很重要。我跟父亲商量，叫他让出总经理，由黄广仁接替。父亲考虑后答应了。黄广仁坚决不答应。被我打败，不可能再被我管。我说，我怎么做你才满意？他说，你把自己杀掉我就满意了。我笑着对他说，我任何时候都不会自杀。我当正常人还不到一年，活得太短。我再去求他，他紧闭大门，高声驱赶。最后这次，他拉开门冲出来，手里拿着两把菜刀。

黄广仁曾经那么关心我，我无以回报。他情绪如此激动，我没办法了。青春1号产量扩大了两倍，仍然供不应求。青春1号只有5毫升，但兑上温水足以涂抹整张脸。一瓶保十年青春。十年不反弹，消费者特别满意。有一天我告诉李清杰，我想开发减肥产品。目前地球上减肥、生发、长生不老问题还没有解决，我精力有限，先开发减肥用品。李清杰说你可以试试。离开李清杰的帮助，我的研究工作进展缓慢。在地球上，我是一流的科学家，但在李清杰眼里，我只是一个初中生甚至小学生。肥胖的真正原因是什么，什么物质才能燃烧多余的脂肪永不反弹？这种物质可以口服，可以外用。烧脑的问题令我一段时间来茶饭不思。我求李清杰给我智慧，他在那里傻笑。我说你多少岁了？他说88岁，还有70多年好活。我说你来到地球，寿命会折损吗？他说会，当然会。我说，你快帮我研究出减肥药，最好也能研制出生发药，然后你离开地球。VB星球没有胖子，他们所有人都是标准身材。同样的，在他们的星球上研究减肥产品生发液都是无稽之谈，就像现在地球人大力研发木轮战车一样可笑。

李清杰跟我打哈哈，我研究减肥药的工作几度因无进展而中断。

我工作繁忙，差不多忘记了黄广仁。这天，他叫人传话过来说要见我。李清杰叫我不要去见他，因为很危险。我说能有什么危险？黄广仁曾经对我那么好，现在他能对我怎么样呢？他那天手拿两把菜刀开门见我，我推测他正在家里剁肉嘛。李清杰能看到事物的未来，他其实就是地球人常说的神仙。但我基本忘记他来自遥远的天上，当他是我身边的朋友，一个长相难看的普通地球朋友。没听他劝，我背着小包去往约会地点。我包里有两张银行卡，黄广仁如果答应来我家芳香厂工作我就全给他，当作见面礼；如果不加入我公司，我则随便他挑选一张。

见面地点偏僻，行走十几米，我返回家换上电动自行车。在通往第九座山半公里处，转向南边的道路。路是水泥公路，有七八米宽，却没一辆车无一个行人。前面是一个死角，不久前还是袁氏芳香厂的生产区。它同样被我家青春1号搞死了。它的规模跟我家原来差不多，但产量、效益比我家强，属于中等偏上的芳香企业。它的美容护肤产品占全厂六成比例，还有四成是香精香油，食用的，当添加剂的……品种还不少。按食用香精来说，袁氏芳香厂应该在玫瑰镇排第一。可是，袁老板贪心，不服黄广仁，非得跟他在美容护肤品市场拼个高低。袁氏比黄广仁入行早，资历深，鼻子大嗅觉灵，输给黄广仁，袁氏一天都没服过。他要是将香精生产提高到六七成比例，完全不输给黄广仁。我父亲脑子比较好用，他明知在美容护肤上、香精上搞不过别人，转向搞风险投资。父亲的风投很成功。

袁氏芳香厂里空无一人，袁氏宣布破产，员工作鸟兽散。当我家青春1号火车头一样充满力量时，袁氏迅速看清形势，第一个主动关门。后来事实证明，关得越早损失越低。袁氏几乎没有损失。已经生产出来的产品，他也不卖了，分给员工。袁氏芳香厂厂房还没破败，只是搬空了而已。

"黄叔叔！"我呼喊黄广仁。

四处无声，回音倒是绵长。

"请你向左前方行走三十米，那里有间屋子，你推门进去。"终于有个声音。按照提示，我推开那间房门。

已经有两个手持砍刀的蒙面大汉站在那里了。当他们大刀挥向我时，却倒在了地上。我想起李清杰跟我说过的"有危险"。黄广仁对我暗下杀手了。关键时刻救了我的是李清杰，他的无影脚威力无比，迅速踢昏两个杀手。

"走吧，你无时不处在危险之中。"是李清杰的声音，然后他现身。

黄广仁联合所有对我恨之入骨的我的手下败将，秘密协商多次，派出的凶手多次接近我，没有李清杰暗中保护，我早被他们杀害了。李清杰能控制凶手的思维，他的电脑随时可以进入凶手头脑，改变他们的念头。前面很多凶手都是在李清杰控制之下改变主意，放弃行凶。这回黄广仁对我下毒手，李清杰最终没有阻止，他想让我体验一次什么叫"危险"。但李清杰一个人的力量非常有限，他总有控制不了众多凶手的时候。

黄广仁一伙刺杀我再次失败，而且两个杀手都被李清杰制服，黄广仁一时没有了主意。两个杀手神志不清，武功废掉不说，人也基本傻掉。那天黄广仁就在袁氏厂区里暗中盯着我，指挥作战，他们看着我一个人进去，而后又安全地出来。他们想不通，为了试我，有一天他派出一个人装酒醉袭击我，结果我被打翻在地，住进医院。当时我身边全是我的人，我们没有任何防备。我被打翻，袭击我的人紧接着被我的人打个半死。

我跟父亲说有人报复，父亲早料到了，他身边和母亲、奶奶身边都是保镖，他甚至给在北大上学的弟弟也配备了保镖。北京大学，那是一个安全之所，但是为防万一，父亲派出的保镖设法暗中保护弟弟。受人威胁，哪怕你安保措施再好，也处在不安全之中。父亲猜到威胁我家的人是哪些，他派人把黄广仁、袁氏等几个头目找来。黄广仁自然不承认想暗中置我全家于死地。有的人求饶，表示再不听从黄广仁，父亲就把他们放了。对黄广仁、袁氏，父亲报了警。父亲的以攻为守，效果非常好。李清杰说，暂时没有人对我暗下毒手了。

苏静梅自青春期开始，就自卑，到了四十岁仍然如此。她天生皮肤黑，本来长得还可以的五官给肤色一拖，跌入丑女行列。大学四年极少有男生主动跟她说话，工作后，单位里男人对她视而不见。过了一两年，有素质差的单位同事说："你其实长得很丑的，只是看的次数多了就习惯了。"有对外的活动，单位尽量不考虑她。她最后嫁给一个部队转业的工人。两口子在同一企业单位，她在技术科，他在保卫科。结婚生子后，她基本不再抛头露面。35岁那年，大学同学聚会，因为这次聚会定在她所在的城市，出于礼貌，她去参加了。同城有三个大学同学，另两个埋怨她参加，丢了他俩的丑。苏静梅忍气吞声，默默做好接待工作。可是从四面八方赶来的同学，并不把她放在眼里，连声谢谢都没说。后来她自觉离席。班长出来安慰她，班长说："该批评他们的我都说了，可他们不听啊！"

"以后我再也不参加同学会了。"苏静梅哭得伤心。班长说："也好，免得受更多的伤害。等大家都老了，无论漂亮丑陋都变得一样难看。到时候，有他们好瞧的。"班长是个女的，她天生丽质，35岁了，跟25岁一样白白嫩嫩。苏静梅自卑，班长挺得意的。她表面在安慰苏静梅，实则对苏静梅进一步伤害。同学会还没结束，苏静梅就离开了。没了苏静梅在场，有男同学说心头的压抑感消除了。学生时代关系如何，直接影响到同学会的气氛，苏静梅仍然是编外同学。

在同学会上受辱，回到家拿老公出气。苏静梅知道老公只有高中文化，对她骨子里并不喜欢。厂妇联干部当介绍人时，他还满不乐意。同时，她下嫁于他也是一肚子气。当年厂妇联的舆论倒向苏静梅一边：人家正牌大学生，你一个高中生，娶了她祖坟冒青烟了。他低头"认罪"，里里外外都听她的。企业效益中等，她家跟所有产业工人一样过着普通日子。在厂里，苏静梅分得一套小三房一厅，20世纪90年代初建的，旧了，结构不好。两口子省吃俭用存了一笔钱，然后又贷款在离厂区不太远的楼盘买下一套三房两厅两卫新房，面积比厂里的大一些，采光、小区绿化、物业管理都理想。房已交了，两口子正筹集装修的钱。装修可简单可豪华，苏静梅根据别人的经验，最简单装修花费也在10万元左右。在她那个经济欠发达的瓦城，收入不高，消费却高，每月还贷后所剩无几，要拿出10万元出来装修困难大。两口子计划明年开始装修，离明年装修时间还有7个月，钱也基本够了。上初三的儿子吵着住新房，苏静梅许诺待他进入高中一定能住上新房。

　　局里技术上的会议，苏静梅基本代表厂里参加，她是生产技术科副科长，技术上算得上权威，科长不懂业务。为什么安排一个不是行家的人来当科长？还是前面说到的，厂领导对苏静梅长相不放心。技术科常有对外业务，常要参加谈判，以前没公关人才不说，苏静梅在场，生意多次黄掉。后来厂里专门安排能说会道的新科长，谈判成功率大大提高。苏静梅已习惯了，她在后面做工作，将研究透的业务方案交给科长，由科长带上"花瓶"去谈判。科长原来在销售科，有张能把母猪哄上树的嘴，业务上懂些皮毛，因此时时都能自圆其说。厂里私下有协定，科长只拿副科长待遇，副科长苏静梅拿科长待遇。科长得虚名，苏静梅得实惠。科长从普通的销售员当上了科长，虚荣心满足了。

　　因为参加局里的技术会议，苏静梅认识了许多技术同行或者相关技术同行。每次开会，苏静梅基本跟刘丽惠坐一起，与会者都会自觉给她俩留位。刘丽惠比苏静梅高三届，同在武汉上大学，只是不同学校。刘丽惠显老，也属于不好看的那类女子。也许两人同病相怜，特别聊得来。

　　局里又开会，苏静梅刘丽惠再次相遇了。距离前一个会不到十天，刘丽惠脱胎换骨，仙女下凡似的。她的美丽吸引大家，刘丽惠开口说话才证实她就是她。

　　刘丽惠用了我家的青春1号。

　　"妹妹，你也去买吧，做女人必须对自己好一点。"刘丽惠对苏静梅说。

"很贵的吧？"

"155万元一瓶。"

"这么贵啊，是黄金的多少倍了！"

"按5毫升的量来计，的确十分昂贵。可是一次出奇效，可保至少十年。"两人在下面讲悄悄话，与会者都盯着刘丽惠看。刘丽惠悄悄说："妹妹，你看，所有目光都在我身上，我这辈子还没这么被男人女人关注过赞叹过。

"我哪有那么多钱，我家存款不到5万。青春1号离我家太遥远了。"

"我家也是普遍工薪阶层。办法总是人想出来的。"

"只保十年，十年后怎么办？"

"人生有几个十年？再说，十年后又有十年后的办法。人一自信，精神就爽，病痛远离你，健康围绕你。"

主持人宣布休会。与会者争相跟刘丽惠照相，她明星一般受到宠爱。

苏静梅跟老公说起刘丽惠，从手机里给他看上午拍的照片。老公说，这太神奇了。

"我也要买青春1号。"苏静梅说。

"那么昂贵的东西，比奢侈品还奢侈，哪是我等平头百姓所能享用的。"老公说。

"我漂亮了，对你只有好处。"

"漂亮还是丑陋，习惯了都一样。漂亮是虚的，金钱才是实的。155万，想想，是个什么数字？如果价格5万，哪怕55万，我也就认了。可，这是155万啊。天文数字，天文数字！"老公说。

刘丽惠每天给苏静梅发几张照片过来，都是没经过美颜相机处理的。苏静梅看得心里痒痒，她想象自己涂抹青春1号后的样子。后来她在网上找到一个美白软件，将照片往青春美白里调，结果比想象的更美丽。她截图下来发给刘丽惠，刘丽惠说，用了青春1号就是这个效果。赶紧的呀！

苏静梅让老公看软件美白照，老公说不认识但面熟。苏静梅说，这就是我用了青春1号后的效果。老公还是不同意她买青春1号，之后改口说不是不同意，是没钱买。如果她手头有155万，拿去买青春1号他没意见。

苏静梅想到了刚买的新房。房产证还没办下来，买房时用的是她一个人的名字。那楼盘品质好，除了各方面相对差点的一套尾房，都卖掉了。没赶上的顾客希望能买个二手房。苏静梅很快就跟一个买主接上了头。房价上涨了一千元，双方满意，办理了转让手续。买家给现金，合同一签，全款到了苏静梅手上。卖房所得132万，刘丽惠答应借5万。还差18万。苏静梅掏空家里存款，又东借西借，仍然不够。手头有一笔20万元厂里用于产品研发的专项资金，苏静梅挪过来。

"我去出差。"苏静梅给老公留下一句话直奔玫瑰镇。

购买青春1号的队伍仍然是那么长，按编号，苏静梅要排到后天上午才轮到。我们的售卖人员分成几个部分，一部分人负责编号发号，一部分人负责与买主热线联系，一部分人负责收款，一部分人负责开票，一部分人负责递送产品。产品昂贵，每个环节上的销售人员都胆大心细。他们分成几班轮流工作，从早上8点开始，一直工作到晚上8点。按照进度，工作人员提前联系苏静梅。玫瑰镇宾馆爆满，她住到附近的沱巴镇。按预约时间，苏静梅已提前到达玫瑰镇。工作人员有经验，每一个号大约花掉多少分钟，很清楚了。在工作人员看来，每一个前来购买青春1号的都是有钱人。因此他们对买主都肃然起敬。

苏静梅刷了卡,拿到青春1号后她全身颤抖,忍不住号哭。工作人员见怪不怪。拿到产品号哭的多了去,疯狂大笑的多了去。她们太激动,焦渴等待的东西终于到手,好像不发泄出来就不行。

金朴有时候去当志愿者,今天她来的时候,正好苏静梅心情比较平静。金朴主动给苏静梅提供帮助,教她如何高效科学地使用青春1号。热心的金朴带苏静梅到一间安静的屋子里。金朴先给准备半小杯温水,苏静梅亲自将青春1号滴入两滴,轻晃水杯,一会儿溶液成了米黄色,有一点黏稠。此时,可以往脸上涂抹了。苏静梅身子颤抖,伸向水杯的两根手指抖得特别厉害。金朴耐心指导她,帮助她,总算涂抹完毕。

"啥感觉?"金朴问。

"脸上有一股凉风,爽爽的。"苏静梅说。

两人对话间,苏静梅脸上一秒不同于一秒。

"哎呀——"然后,她看到镜子里的自己,忍不住大声叫喊。

敷用三天之后,青春1号的营养作用发挥到了最高峰,人回到十年前的青春美丽,皮肤达到标准的白度红润度。接下来,RE物质将不断生长出青春细胞,保持皮肤的白嫩红润。

苏静梅自拍了许多照片视频,放进朋友圈,发到大学同学群里。还没回到瓦城,她的朋友圈在同学微信群已经火爆。

房子被她悄悄卖掉,老公只给了她两个字"离婚",儿子也给了她两个字"离家"。老公离婚她不怕,她都这么漂亮了,害怕老公不成?将来追她的男人排着长队呢。她花三天时间将儿子追回来,儿子答应不再逃学离家,苏静梅心终于安定。老公跟她闹,她不当回事。厂里升她为科长,原来的科长降为副科长。一切都完满。她准备组织一次大学同学会。散落在全国各地的男同学一呼百应，女同学也勉强答应了。

这种大型的同学会，短期内进行两次，地球上难找到第二例。男同学都说了，这次聚会重点是来欣赏苏静梅的美貌。她的聚会费用男同学平摊，还要给她发大红包。

同学会如期举行。往时聚会总有人缺席，这次一个不少，在国外工作的也赶了回来。他们的一个共同目的是证实苏静梅突变仙女。有女同学亲手摸过了，苏静梅脸上没用任何化妆品。有人提到青春1号，于是现场安静下来。男同学单独组合着跟苏静梅合影，苏静梅愉快地积极配合。女同学离得远远的，她们眼里喷着嫉妒的怒火。

从一个角落传来女子哭声。那是女班长。历来都是中心人物的班长备受冷落。班长委屈，痛苦，愤怒，绝望。谁都知道青春1号好，可是哪容易买得起啊！班长感染了女同学，她们哭成一团，而在一旁的苏静梅却快乐地长笑。

"我要跳河，我要上吊！"班长大喊。

男同学们看着她，笑起来，然后不再理她。前两个活动环节完成后，有几个过意不去的男同学留下来陪着落单的女同学。

"让苏静梅高兴去吧，这些年我们伤害她太多，到了还的时候了。"有一个男同学说。

"问题是她现在狠狠地伤害了我！"班长说，"我必须死给她看，让她一生内疚！"

下午活动时，班长真的跳了河。好在她是当着大家的面跳的，有准备有预谋地跳的。七八个男同学把她捞上来，她除了哭闹没任何不适。同学会上决定明年继续搞同学会，不管女同学们同意不同意，男同学一致选举苏静梅为同学会会长。当天晚上，女同学们一个个不告别地离开。她们完成了证实任务，怀着复杂的心情一声不吭地走了。

班长在群里发布了一段视频，她跟同学们道别，她说等同学们看到这段视频时，她已不在人世。"谁也不要劝我，谁也劝不住我。如果你们好心让我活下去，我唯一要求是让苏静梅毁容，或者回到从前。但是我的要求不可能达到，我只有一死了之。"点开视频后，同学们着急万分，立即给她家人打电话。还好，她只是跟家人同事发无名火，没有真的自杀。但她跟家人同事说了，活得太没意思，想自杀。班长家里经济条件一般，普通工薪阶层。但她老公说，砸锅卖铁也要给她买青春1号。她老公说到做到，开始绞尽脑汁地筹钱。155万，一个天文数字。但它是救命的数字。班长受刺激太大，她随时有可能自杀。这是大家都不愿看到的。男同学私下就该不该资助班长购买青春1号展开激烈讨论，意见有三种，一种支持，一种反对，一种中立。反对的男同学说别的女同学也要买青春1号否则闹自杀怎么办？支持的同学们说，救一个算一个；天要下雨女同学要自杀，我们管不得那么多了。大学同学普遍都不是富人，最多也就是中产阶级，真正需要放血，没那么爽快。他们的钱迟迟没有汇出，大家相互观望。

班长老公筹钱积极，班长不再哭闹。想到不久她也会青春绽放，脸上有了甜蜜的微笑。她笑，老公偷偷哭过好几回。筹钱筹白了他的头发，他家兄弟们说你老婆虚荣心这么强，不顾全家死活，让她自杀好了。"不是你老婆，你说话当然轻松！"班长老公从兄弟们那里没借到钱，还受了奚落指责。这年头借钱不容易，而且是那么大一个数字。两口子月收入也就万来元，不吃不喝得存十多年才够155万。他拿着房本去抵押贷款，银行不放贷。他贷款目的不纯，银行经理批评他太荒唐。站在街头，他只能抬头看天。

苏静梅老公越来越厌恶她，搬回父母那里住。"苏静梅是一朵有毒的花！"他不打算理她，永远不理。她的债务由她还，他的月工资不再交给她。

老公离开，她心静如止水。苏静梅沉浸在美貌的欢悦之中，每天收获来自方方面面的赞美和忌妒。无论赞美还是忌妒，她都照单全收，幸福无比。

这天，厂纪委书记进入苏静梅办公室，一声不响把她带走。

"你贪污公款，数额巨大。"纪委书记说。

"天啦，我都忘记了那笔公款。"苏静梅说。

她解释无效，道歉没用。司法机关又带她出了厂。她挪用公款被初步定性为贪污公款。一壶苦酒正等着她去喝。

傍晚我从厂区开会回来，兴致勃勃地回到家时，李清杰对我说，他要离开了。我说："飞船准备来接你了吗？"他说不是，按推算他要在地球待上六年，飞船才能重新飞到地球。他的同伴到别的星球玩去了，转回来需要时间。我说你要去哪儿？他说："这个你不用管，我自有去处。"

"离开你之前，我要对你进行处理。我想过了，你还是当傻子最好。"未征得我同意，他对我脑袋神经线路进行改动，¢¢光在我脑中滑过，我无任何感觉。很快地，我又变回了傻瓜，回到5岁智力水平。

青春1号的配方被李清杰收缴回去，全厂所有职工的这项技术归零。留在她们皮肤里的青春1号营养液加快了新陈代谢，它已经不能保她们白嫩十年。为了减轻我父亲的压力，李清杰通过计算机将留在她们脸中的青春1号设计期限改为三年。白嫩了三年，她们不服也得服了。三年后，有过一些闹事者，但被野蛮的父亲给压了下去。这是后话。

玫瑰镇一下子安静了，一切恢复到两年前。父亲多次测试我的智力。"真像做了一场梦。"父亲情绪再次低落，好在他还有我聪明的弟弟。弟弟正在北大读研，他准备读博士的时候学遗传学之类，但他本硕都是计算机类，估计学医只是一个幻想。弟弟想研究我，想找到我突然变聪明又突然变回傻瓜的原因，目的是把我治疗成正常人，不求我智商超群。弟弟时常与我通话，但我不认识弟弟，他打来的电话我傻笑不接。最后这次，弟弟电话打了一天，恼羞成怒的父亲便把手机摔坏。

黄广仁和袁老板等人各自回到厂里继续做美容护肤品造香精。对于我再次成为傻子，父亲慢慢接受。我不当傻子这两年为他创造了丰硕的利润，他满足了。不过，父亲没有要这笔巨大的利润，他捐给了玫瑰镇政府。镇里准备用这笔巨款做民生事业。镇民们对我比从前更好了，因为我挣来的钱，将全部花在民生上，人人受益。

金朴答应重新回来照顾我。因为这件事，她男朋友离开了她。父亲建议她嫁给我。金朴说："我贴身侍候李堂华，跟嫁给李堂华有区别吗？"父亲说："毕竟你们是非法同居。嫁给李堂华，你能合法地花我家更多的钱，将来还可以跟李堂华一起继承我的遗产。"金朴仍然不答应嫁给我，她没有差到下嫁给一个傻瓜的程度。她相信总会有男人看上她的。父亲被她说服，不再提此事。

黄广仁理顺厂里事务后，又提着玩具来看我了。那时金朴正给我洗澡，她开门迎黄广仁进来。黄广仁对我说："除了脑子坏的，身体很健康。"金朴一边给我洗澡一边跟黄广仁聊天。洗完澡我拒绝穿衣服，裸着身子在屋子里跑来跑去。黄广仁打开手机拍摄。他没准备发到网上去，只是拍着玩。金朴抢过他的手机说："别拍了，一个傻子有啥好拍的。"黄广仁删掉了视频。金朴追上我控制住我，然后为我穿衣服。黄广仁叫我过去，他打开玩具，教我玩。他的玩具新颖别致，我还没玩过。我对他的玩具很喜欢。

黄广仁隔三岔五就来陪我玩，他开始恢复叫我小朋友。只要听说有不一样的玩具，黄广仁就要设法买到手送给我。我家里的玩具堆满屋子，还在不断增加。它们产自世界各地。我敢说我是全世界拥有玩具最多的傻瓜。

"你这么跟他玩下去，不怕又把他玩聪明了？"金朴对黄广仁说。

黄广仁当时傻了："对啊，如果他又聪明并且打败我们全体同行怎么办？"

金朴嘿嘿笑，黄广仁紧张过后也嘿嘿笑起来。

陪我玩，黄广仁有瘾，他十天不来陪我玩，就难受。我对他有依赖，超过五天不见他，我会哭闹。金朴就会给他打电话。有一回，他在去北京出差赶飞机的路上，接到电话，便推迟出差，赶回来陪我玩了两个小时。在我脑子里，他像父亲。而我父亲几乎不来陪我玩，在我没有病痛的时候，他根本不来看我。但是，我好像还没有过病痛。每天金朴要带我到街上遛遛，像遛狗一样带着我。街上闲人会逗我玩一会儿。那天，金朴不小心把我带到了黄广仁他们香精厂，准备带我去见黄广仁。保安对她吼："把小朋友带走！"

"我们进去了吗？你吼什么？"金朴不示弱，跟保安争吵。

金朴声音大，在楼上办公的黄广仁听到了，走到窗户边，对金朴喊："把小朋友带到院子里来。"保安不敢违抗命令，对我俩敬礼放行。

黄广仁带我到草坪上玩，别人不允许进草地，他可以，我也可以。他设计了一个简单的游戏跟我玩。玩了一个小时，黄广仁才被电话催走。

……李清杰离开我快一年了，不知道他待在哪里，又干了些什么。但我不想他，因为我不知道世界上还有这么一个人，他来自VB星球。

堂下有鱼

四个儿女在城里工作，六十岁那年，老余从农村"退休"，带着老伴到城里生活。老两口单独住，周末子女回来团聚。十六号，还不到周末，大儿子余小玉却提回一袋鱼。老余到城里后就不爱吃鱼，城里的鱼不好吃。在沱巴老家，大小河流遍布，里面生长着各式各样味道鲜美的鱼。老余对余小玉提回来的鱼不屑一顾，但他真切地看了一眼搁到盆里的鱼时，哇哇大叫。

　　"丰鱼，丰鱼，丰鱼！"老余连声说，眼前的丰鱼像久别重逢的亲友，"城里有丰鱼？"

　　"丰鱼来自沱巴老家，来自……老爹你猜。"余小玉说。

　　老余猜了多条溪流、多处岩洞里的暗河，都不对。

　　"丰鱼来自我们家老屋，老屋厅堂之下。"余小玉说。余小玉收拾丰鱼，给一脑袋糨糊的父亲讲述丰鱼的来历。

　　老余偕老伴到城里跟子女生活，老屋空下来。三年不住人，老屋开始出现腐败迹象。老余不打算再回村上住，城里多好，难怪沱巴山村的年轻人不愿回。老余适应城市生活，因为他读过高中，在城里时常读书看报，因此容易喜欢上城市生活，他说话一套一套，水平不亚于城里普通的退休老人。老余心痛乡村的老屋，有人出主意说，你反正不要了，不如出售。老余卖给邻村的老歪。老歪相信老余老屋风水好，不然老余四个子女不会都考上大学。老歪全家搬来后，也许是巧合，也许真有那么回事，他不看好的一对子女，竟然分别考上了二本和职业学院。消息传给老余，老余心里不是滋味，有些后悔将风水老屋卖了。过了两三年，老余听不到老家的消息，也就将此事淡忘了。事情突变在一个连续大雨后的早晨，老歪一家突然听得一声闷响，堂屋下陷，一个近十平方米的窟窿出现，深达三米。

厅堂有四五十平方米，窟窿在中心，丝毫不影响房子地基。窟窿下传出流水声，接着水往上冒，差不多到顶时，水不再上涌，却跳上来丰鱼，一条，一对，三条，八条，十条……厅堂里到处是肥壮跳动的丰鱼。三天后，窟窿里的水缓慢下沉，沉到底部，现出地下暗河。本地土专家以及县里地质专家闻讯赶到，经过科学评估，断定此类地质灾害不会再发生。老歪一家惊魂已定。老歪修建通往暗河岸边的台阶，安装了通风照明设备。暗河丰饶，源源不断地有丰鱼和别的鱼种走过，老歪一家"水过捕鱼"。他们用身边的工具捞，捞不到鱼时，就开始处理丰鱼。老歪一家挑到沱巴镇上，准备到县城去卖。正碰上从县城来的鱼贩子，一口价一次性买走了丰鱼。从此，窟窿每天都能给老歪提供许多许多丰鱼。在沱巴山区，丰鱼算珍稀品种，价格偏高。价高，却不愁销，老歪家天天发财，日日过着快乐的捕捞生活。

沱巴山区是典型的喀斯特地貌，地下溶洞、暗河交错，里面藏有不少宝贝。老歪一家发鱼财，在沱巴山区稀有，因此成了轰动新闻。

余小玉做好的丰鱼，老余不理会，他要余小玉立即送他回沱巴老家。

"走。"老余对余小玉下命令。

余小玉是本市铁封区机关一名干部，要说有权也有权，要说没权也没权，但在老家人眼里，权力不小。迫于父亲的强势，余小玉只得开私家车回去。

老歪在屋外砌了三个大鱼池，上面盖着简易棚子。前来贩鱼的、零购的人接成长队，老歪一家忙不过，请来帮工。地下打捞，地上紧跟着出售，三班倒。即便到了无人买鱼打烊，老歪仍要求大家劳动半小时以上，不干到精疲力竭不罢休。

老余到时，接近傍晚。"停，停，停！"老余冲到队伍前面，"不许卖我家丰鱼！"队伍没有乱，他们催促称鱼的帮工说，快点，不然天要黑了。老余抢过零售的小电子秤，坐在贩鱼的大电子秤上。他说："鱼是我家的，你们看着办！"

"明明是老歪家的鱼，怎么成了你家的？"急着贩鱼回县城的鱼贩子说。

"你知道这房子是谁的吗？"老余问。

"老歪的。"队伍里有人回答。

"真是瞎了你们的狗眼，这房子是我父亲建的，传给了我。"老余说，他让在一旁看热闹的一位村里人做证。村里这位支支吾吾，找了个借口逃掉了。

"可是，后来你卖给了我。"老歪说。

"我现在收回，不卖了。"老余说。

买鱼的哄笑，让老歪快点卖鱼。老歪、老余正僵持着，称不成鱼。队伍乱了，有一个人趁机从池子里抓鱼，丢入自己篓子里。众人仿效，扑到池子边哄抢。

"不许动，再动就开枪了！"老余举起右手，做成一把手枪。

人们见他只是一把手势枪，吓唬不了谁，于是继续抓鱼。余小玉大声说："不许哄抢他人财产！"余小玉的喊声有杀气，人们立即愣住。

"都把鱼放回水池！"余小玉继续大声喊。

抢鱼的人被迫倒鱼回池，然后心里骂着娘散了。

夜色就来了。

"老余，你这样耍小孩脾气是不对的。"老歪说。

"确实，我卖房是不对的。现在收回。"老余说。

"对不对是你的事，房子卖了你后悔没用。"老歪说。

"我们的买卖无效，"老余说，"不具备法律效力。"

沱巴山区私下买卖房子的现象不少，卖后反悔的，老余还是第一人。老歪为老余准备了丰盛的晚餐，堂屋下陷成坑，西厢房就成了饭厅。房子还属老余的时候，西厢房曾是他两个女儿的卧室。两个女儿爱学习，时常挑灯夜战，先后从这间房考取大学，成为知识分子，又到桂城成为大商人。老歪学老余的做法，将女儿安排在这里住，儿子安排在余小玉兄弟俩住过的东厢房。结果都有了理想结局。老歪比老余年轻许多，算起来是两代人，但城市生活减缓了老余衰老的脚步，面上看，老余比老歪老不了多少。农民嘛，长年日晒雨淋，哪有不显老的？饭桌上除了丰鱼，还有另外三种从地下河里捞上来的鱼，丰鱼氽汤一锅，黄焖一锅，那三种"杂鱼"都是煎后黄焖。旁边还有一锅土鸡。喝的是本地自制的烧酒，纯粮的。

"你们有没有想过，突然又陷一个坑，比如我们正吃饭，叮咚一声我们全掉下去了？"余小玉说。

余小玉的担心，老歪有过，他请来的专家已经反复仔细勘察过，屋子只有堂屋中心能掉下去，别处全是结实的石头。地下河穿过屋子，从不知处来，到不知处去。水浅时，老歪试图走往上游或者下游，可是走不了多远。暗河深远诡秘，谁都害怕。堂屋这个坑，大约早先由断裂的石头撑着，先是洪水一点点弄断了"桥面"，然后，又一点点刮薄了土层，最后，哐当，掉下去了。这座屋子给老歪连续带来好运。老歪一家享受鱼带来的财运才开始，老余就来捣蛋。

喝过几杯酒，老余起身到堂屋。坑四周建了围栏，即便晚上误入坑边也不会掉下去。入坑处有铁门大锁把守，通往地下暗河的台阶稳固不打滑，但谁想下去都必征得老歪同意。老歪打开强光电筒，射到坑底水面上。水面反光，流水黑黑的，像墨汁，整体看，黑黑的暗河水像一块静止不动的钢板。"晚上什么也看不见。"老歪建议老余回去继续喝酒。

"我们下去。"老余说。

"不行，我们都喝了酒，下去危险。"老歪不同意，余小玉也极力反对。

老余站在那里看了半个小时，然后回身对老歪说："这屋是我家的，鱼是我家的，运气是我家的，你不能要。你要我家的运气，就是强盗。"

"余叔，你酒还没喝够，等你喝够，你就不会胡说八道了。"老歪拉老余回到酒桌。

"这屋到底是谁的？"老余盯住老歪，像猛烈开火的机关枪。

老歪转过脸，避开老余火辣辣的目光，说："以前是你的，现在是我的。"

老余说："不对，归根结底是我的。"

老歪敬了老余一大碗，说："余叔好酒量，不减当年。"

"夸我，这屋也是我的。"老余说。

"夸你，这屋是我的就是我的。"老歪说。

老余对余小玉说："'枪'呢？你的'手枪'呢？"余小玉下意识往后靠了靠，老余扑过去摸到余小玉口袋里装的孙子的塑料手枪，半天掏不出。余小玉掏出来递给他。

老余手持塑料手枪时，同桌的除了老歪，都跑开。"这屋是谁的？"老余的塑料手枪已经对准了老歪的脑袋。

"你放下'枪'。"老歪说。

"这屋到底是谁的?"老余提高声音。

"你'枪'放不下是不是?!我告诉你,你就是打死我,这屋也是我的。"老歪说。

"要是我懂'开枪',我真的一'枪'搞死你。"老余说。

"叫你儿子教啊!你当场学会了,可以第一个打死我。"老歪说。

余小玉拿过老余的塑料手枪,说:"爸不要闹了。打闹解决不了房产问题。"余小玉叫躲开的人回来喝酒。他们都是老歪请来的帮工。

老余和余小玉被安排在东厢房住,老余责怪余小玉兄弟留给老歪儿子太多的灵气。"没有你兄弟俩留下的灵气,他儿子中专都别想考上。"老余说。"堂屋下面的鱼呢?这个福气又是谁留下的?"余小玉反问老余。

"我留下的。"老余轻轻击打自己的脸,然后安静下来。老余习惯了城市的喧嚣,回到晚上能闻到落针声的沱巴老家,反而睡不踏实。他听到了坑底丰鱼咂巴咂巴的呼吸声,看到了从坑底涌上来的一沓沓钞票。

老余还没醒来,老歪跟他的帮工们就开始捞鱼了。昨天半夜,他们用坚固的铁丝网拦住暗河,阻止经过的鱼,让鱼们集中在一起,经过大半夜的聚集,老歪他们就能捕捞一整天。开始时,老歪用细孔铁丝网拦住暗河,切断丰鱼的去路。有天晚上他做了个梦,那个白胡子长长的老人告诫他别太贪心,放小鱼一条生路,也许这是一条环形地下暗河,远去的丰鱼还会回来,带着无数的后代回来,如果你一网打尽,就是自断财路。

醒来时，他才想起，其实那是一个前来买鱼的好心人在他百忙中告诫他的。那人可能穿着白衬衣，有长长的袖子在风中飘扬。从那天起，他信了此话，傍晚一收工即撒网，只是到深夜时才布网拦鱼。白天捕捞中途休息，也会打开铁丝网，让更多的丰鱼过去，带走"财富的种子"。

　　老歪他们的捕捞，娴熟，无声，配合默契。池子里的水事先换成刚抽上来的暗河水，让新到来的鱼能够马上适应，保持鲜活。好鲜的鱼贩及零购者到来时，水池中已经有一百多斤丰鱼及别的鱼。暗河捕鱼好几个月了，每天捕获的鱼都不少于一百斤。如果是一条不回环的暗河，源头得多长，如果是环形暗河，这河圈得多大，否则承载不了这么多珍贵的鱼。

　　老歪他们捕鱼弄出的动静大，老余被吵醒。老余一边在嘴上骂着不干净的话，一边猛打哈欠，头脑在骂人及哈欠声中完全清醒过来。他推开收费的老歪老婆："这鱼是我家的，我必须收费。"老歪给老婆使眼色，他老婆就不争辩，走了。她去到厅堂，对下面正作业的帮工说，别捞了，大家休息吧。前面到来的买鱼人，买光了水池中的鱼，后到的购鱼者买不到了。他们有意见，见老歪带头坐在那里休息，质问为什么不继续捕捞。老歪说："你以后再来吧，今天无鱼。"购鱼者吵着要下坑底找答案。老歪哪里允许？曾经有许多人借故参观，是想观察暗河地形，探测情报。老歪锁上通往暗河的铁门，冷冰冰的声音让购鱼者死了心。

　　老余叫住购鱼者，他说他和儿子马上下去捕捞，不一会就有鱼卖了。老余叫老歪开铁门，老歪不肯。"砸开铁门。"老余对余小玉说。余小玉轻声说："我砸不开。"老余说："没子弹你带它干什么？"老余叫余小玉把塑料手枪给他，然后拿着"枪"

逼迫老歪打开铁门。余小玉笑着说："爸，你这是小孩玩游戏。"

铁门开了，帮工不愿帮工。老余父子俩下到暗河，因为老歪断了电，下面光线暗，老余叫余小玉合上开关，余小玉试了好几回，下面的灯都不亮。老歪剪断了电线，查起来很困难，父子俩只得将就捞鱼。捞鱼是个技术活、体力活，父子俩配合，捞了两个小时，没捞到几斤，而余小玉准备将捞到的鱼搬上地面时，不小心滑了一跤，鱼又倒回到了暗河。老歪和帮工计划休息一天，让这对父子折腾。午饭后，余小玉不得不回城，昨天没向领导请假，现在来了急事，耽搁不得。老余留下来，不夺回房屋所有权，他不回城。

老余在村里行走，勘察地形。以老歪堂屋下陷坑为参照，暗河分为上游和下游，下游地势平坦，已经有多处被挖坑。后来他们发现，在下游挖坑是愚蠢的，因为上游一拦，下游还能有多少丰鱼？因此，村里人都热衷在上游挖坑。他们根据老歪家暗河的走向，判断暗河流经的位置。第一个决定在上游挖坑的余影合，悄悄在自家堂屋开掘，他判断他家堂屋底下是暗河。结果，他将自己家房屋地基破坏，房屋在一场风雨之后倒塌。好在没造成人员伤亡。村里人吸取教训，不敢在室内挖掘，到空地上挖。人人都想在上游挖地洞，因此，尚未完成的坑一个连着一个，连成的点线有直的，有弧形的，一直延伸到山脚下不能开挖为止。暗河也许是直线，也许在下面就拐了弯，或向左拐，或向右拐，谁能判断清楚呢？

使用炸药挖坑，是正道，但是，炸药并不好搞，缺货不说，即便搞到，价格也翻了好几番。而且还不断有安全人员来干涉阻拦。他们互相揭发，最后谁也别想用放炮来加快挖坑速度。现在，大都只能发扬愚公移山精神，用原始的钢钎铁锤。老余去参观那些远未成功的坑，跟他们聊天。"要是掘破地球也没掘到暗河，你怎么办？"老余问老铁。

"自认倒霉。掘坑的谁不是拿倾家荡产甚至拿生命下赌注？"老铁说。

附近的掘坑人围过来跟老余说话。他们为老余叫冤，好好的财运让一个外村人捡了去。他们批评老余生来是不帮衬村里人的，房子卖给村里任何一个人也好啊。老余反问："当初我问过村里人，谁愿意买？"

"我现在最大的心愿，是把房屋所有权要回来。"老余说。

"不好，这样做不讲道德，不讲良心。沱巴没这个先例。"有人说。

"以前沱巴有堂屋下塌成坑，带来鱼运的吗？什么事情总得有一个破例，有了破例，就有了先例，就成了常规。"老余说。

"你毁约，带出坏头，沱巴的房产交易就会出乱子。"有人说。

"房屋不是你家的，当然帮别人说话。"老余说。

村里人转了话题，希望老余帮忙搞到炸药。老余没那么傻，帮他们搞到炸药，炸出了暗河，断了鱼路，他搞回房屋所有权还有什么意义？老屋，不仅仅有鱼财运，还关系着祖孙后代的运气。

他们跟老余商量，让老余搞炸药，平均分给每个开掘者，不管谁炸出了暗河，鱼财都五五分成。"这样，你既发了财，又没有破坏沱巴山区买卖房屋的规矩，保住了名声。"他们说。老余劝他们不要再在挖坑上浪费时间和金钱，应该帮助他夺回房产，将来，他们都是他家的捕鱼工人。

老余不在屋子的时间，老歪和帮工都没捕鱼，坐在一起打牌。帮工全是老歪的亲戚，他们一条心。今天，捕捞再多的鱼，卖出去的钱都会让老余强行收走，不如不捕鱼。老余拉开虚掩着的铁门，走到坑底。已是初冬，坑底暖和，暗河水暖和。拦鱼的铁网，老歪抽开了，鱼不再被迫停留，随流水向前漂去。老余用捕鱼工具捞鱼，水里有一股力量将工具往前拖，他坚持了一会儿，提上工具时，渔具里有两条丰鱼、一条鲢鱼、一条鲤鱼。当他第二次捕捞时，流水拽着他往前走了两步，差点将他带下暗河。可能上游下大雨，暗河涨水了，因为暗河水流的劲比上午大。这么分析，暗河可能不是环形结构。沱巴山区宽广无边，也许暗河像动物肠子一样弯曲，不断有岔道，有许多注入雨水的支流。老余提着鱼上屋子。老余说："下面的鱼都被你捕光了。"老歪顺势说："下面的鱼早被我们捕光了，你要回房屋所有权没有意义，何况你没有理由要回。"

鲤鱼、鲢鱼都不大，加上三条体形娇小的丰鱼，不够一餐。老歪叫两个帮工下河，一网下去打来几斤丰鱼。老余夸赞了帮工，说："将来，你留下当我的帮工。"

第二天早上，老余叫老歪搬家，归还老屋，并提出条件：从前捕鱼所获收入，五五分成。当然要除去成本，比如建坑围栏、下暗河台阶、购买渔具。老歪把老余引进一间屋子，说："我们俩好好谈谈。"老余以为真的要谈，老歪却把他锁在里面。"你一天都不要出来，除了吃饭上厕所。"老歪的帮工说。

老歪和帮工继续捕鱼。昨晚半夜，老余睡下后，老歪指挥他们下暗河拦了网，现在有大量鱼积聚在一起。他们配合还是那么默契，动作还是那么娴熟，一条条鱼捕上来进入水池。下着小雨，他们的汗水跟雨水混在一起，雨水的清香与汗水的酸臭混在一起。买鱼者像有千里鼻，他们闻到了鲜鱼的气味，从县城和沱巴镇上赶来。老歪老婆坐镇收费桌，沉着冷静地收钱。

"放我出去，我要上厕所！"老余在房里大叫，他不断用力敲门。

"谁在叫喊？"有个买鱼者问。

"一个疯子。"老歪回答。

"疯子怎么知道自己要上厕所？"那人紧揪不放。

"你是买鱼还是关心疯子？"老歪说，"你关心疯子就去听声音，不要来买鱼。"

这个买鱼者闭上嘴，买了鱼开着摩托离开。他在沱巴镇上开着饭店，有六个游客点名要吃丰鱼。

"我要上厕所，听到没有，老歪？"老余继续喊，"你不放我出来，我拉到你房间，拉到床上！"

"你拉吧，那房间只有房间，没有床，角落里有个尿桶。"老歪说。

来自县城的鱼贩子买走了最后的十一斤鱼，水池空了。也到了午饭时间，老余被放出来。老余说："我要报警，你们私自关押我，犯了罪。"老歪说："报吧，你私闯民宅破坏我家劳动生产，报了案你必定进派出所，我们就不再被骚扰，天大的好事。"

午饭后，老余拒绝用老歪提供的手机报警，他搭上一个买鱼人的车到了沱巴镇上。派出所记录了他的报案内容。然后，两个干警带上老余进村来了解情况。帮工的回答对老余不利，说根本没人关押他，他是回来索要房屋所有权不成，编造事情。

"房屋都卖给人家了，你没权力要回，除非老歪同意。现在，老歪并不同意。"干警说，"沱巴山区还没先例。房屋卖给人家，上天入地，都是他的事，不关你的事了呀。"

当初，老余将房子卖给老歪时，只有一张契约，因为那时老余并没办理房产证。老余请律师写了状子，递到县法院，要求判定契约无效。县法院受理后，将案子移到沱巴法庭。

老余把状告老歪的案子透给儿子余小玉。既然父亲决定走法律程序，不听劝，余小玉便出面了。市法院周家志是他政法大学同学，前年升为副院长。他在电话里跟周家志沟通说，按法律办事，不搞关系，不破坏法律。不管父亲有没有理，出于孝顺，余小玉只能找关系演一场戏。余小玉为周家志安排了一桌，一个大包厢和一张大桌子，只坐着他父子和周家志三人。碍于面子，周家志当场表示尽最大努力。一瓶白酒打开了，没怎么喝，一人喝不到一两，似乎没喝酒的兴趣。过了一天，周家志去县里出差，把老余带上。晚上，周家志请县法院的正副院长吃饭。其中，副院长白礼春是周家志初中同学。老余的案子，县法院具体由白礼春负责。私下，周家志早跟白礼春打了招呼：一切由法律说了算，不搞关系。周家志办完公事回市里，老余没跟车回，白礼春带老余去沱巴法庭。王庭长早在办公室等着了。他热情接待了白副院长和老余。之前，王庭长接触了案子，对案情基本了解。王庭长拍响胸脯说："请领导和余老放心，我一定尽最大努力。"白礼春按照领导的意见打了同样的"招呼"。白礼春说晚上他请客，王庭长拗不过，说怎么能让领导请客呢，而且在他的地盘上。白礼春说："谁请客都一样，反正不准用公款。"晚餐有丰鱼，老歪家捕捞的丰鱼。自从老歪家陷了个窟窿，沱巴镇每天都有丰鱼供应。县里许多爱吃丰鱼的都赶来沱巴的饭店。沱巴山区还盛产多种土货，笋蕨红贝等野菜，搁在丰鱼锅里，提味又营养。谈完事后，大家兴致高，喝了不少沱巴米酒。

老余回到村上,他买了土鸡土鸭,请老歪吃饭。他告诉老歪,上级请下级吃饭,这是从市里到镇里形成的规矩。老歪说:"你是我的上级吗?"老余说:"难道不是?"老歪后来点头同意。老歪坚持要贡献丰鱼和两条鲢鱼、一缸米酒,老余说:"丰鱼、鲢鱼都是从我家地下捞出来的,是我的菜,不是你的赞助。米酒算你的,酒钱我事后跟你结。"

即将准备端杯喝酒,老余说:"我已向法院状告你侵占我家房屋,你最好明天就搬出去。等到法院强制执行,你脸没地方放。"

老歪和老婆互看一眼,吃惊地停顿了两秒钟,老歪说:"你怎么是这样子的人?你像培养出四个大学生的父亲吗?"

"表扬或者批评我,都没用。过两天就要开庭,你必须按时到。不按时到,法院会缺席判决。你认识市法院县法院沱巴法庭吗?我全认识,他们都请我吃过饭。帮我办事,还请我吃饭,你想想,我俩官司的结果如何?"老余说。

"你仗势欺人。"老歪端杯喝掉满杯米酒。

"对。"老余说。

"来吧,全来吧,我不怕。"老歪说。

开庭时间还没定,老余放心回城里等待通知。王庭长带着两个人来找老歪,老歪开口说:"我为你们每人准备几斤丰鱼。"王庭长说:"一条都不要,我们来办公事,不走亲戚,不接受贿赂。"

老歪擦干身上的汗水,跟王庭长一行人围坐在火炉边,他老婆上了热茶。法庭还没传唤老歪,王庭长主动上门来做工作。老歪进房去拿契约,还拿出房产证和土地使用证。所有证件都是买房后办的。这些证件老歪藏得好好的,绝不能让老余知道,绝不能让老余拿走。王庭长仔细看了这些证件,递给另外的法官。他们看后都不说话,还给老歪。

"你想过把房屋回卖给老余吗?"王庭长说。

"没有。为什么?"老歪说。

"你又不是这个村的,你买他家房子干什么?"王庭长说。

"有规定不让外村人买吗?"老歪说。

"不管有没有规定,你当初就不应该买老余家的,添了多少麻烦。"王庭长说。

"别的家又没培养出四个大学生,别的家后来也不可能地陷见暗河,有鱼财。"老歪说,"命中注定,我有福。"

"是福是祸,谁知道呢?"王庭长说。

"我不卖房,不卖。丰鱼是老天送给我的财富,我不能拒绝。我这个人,一向服软不怕硬。"老歪说。

王庭长想要的理想结果是,老歪卖回房子,事态因此平息。

王庭长起身要参观暗河,老歪拦住不让。王庭长不跟他较劲,身子靠在栏杆边俯视坑底。下面是昏暗的灯光,因此模糊一片。但匆匆流过的地下河水,送上来温暖的气息。

王庭长等了老歪两三天,不见他来,再次主动上村里来做工作。老歪还是那句话,不卖房,要打官司就打到底。王庭长说:"请你准备好所有房屋材料送到镇法庭。先要复印件,开庭的时候必须提供原件。"老歪装好证件,生怕弄丢,大袋子套小袋子,扎得严严实实。

"这屋子如果决定卖回给余家,一切就都简单了。"王庭长说。

"不卖。"老歪说完,叫帮工亲戚骑摩托,驮他去沱巴镇上。镇法庭有工作人员等着他。王庭长留下来跟老歪老婆说话。

"我们卖房。"老歪老婆说。

"卖房，大家省事。"王庭长说。

离开时，老歪老婆为王庭长准备鲜鱼，王庭长不要，是真的不要，他说："我一个庭长，怎么能要当事人的鱼呢！"

老歪交完材料回来，他并不听老婆的劝，要跟余家搞到底："我虽然是只鸡蛋，但敢迎接石头碰撞；只要鸡蛋有理，硬度会变强，石头来碰，石头必定粉身碎骨。"

王庭长迟迟不开庭，老余等得不耐烦，让余小玉催周家志。白礼春报告周家志说，老余打官司无任何胜算。周家志说一切按法律办。周家志通报余小玉，说："法律不支持你爸要回房子。"余小玉说："早在我的预料当中。这戏也演得差不多了。我爸不死心也得死心。"

"唯一的办法是老歪主动卖房子。但老歪不同意。"王庭长又向上汇报说。

余小玉说："我尽力了，麻烦是我爸自找的。"父亲无事生非，余小玉心里窝着一股火。

老余的另一个儿子余小银同样窝着一股火。老余不该卖房，不该索回房子，不该打官司，既然要打官司，输给老歪，余小银心里又多少有些不服气。余小银借机回到村里。这座原来他家的房子，留下了他全部少年的记忆。下陷成坑的地方，正是厅中央，原来摆放家里的饭桌。一家六口围在桌边度过许多欢乐。这一塌陷，感觉家里的饭桌掉坑底了。

"今天掉厅堂，明天掉房间。"余小银心里想。他倒希望如此，不能住人了，父亲的官司就不用打了，不打也就赢了。但有关部门专家已经勘察论证过，除了厅堂，别的地方都安全，不会再有塌陷危险。老歪给余小银递烟，他不接，递茶，他不理，一直板着张脸。

"占人房子不退,你们良心过得去吗?"余小银开始说话。

"过得去,因为我们没占别人的房子。"老歪说。

"必须把房子退给我父亲。"余小银说。

"你父亲拿'枪'逼我,我都不怕。"老歪说。

"想过吗?万一哪天涨洪水,地下河水涌上来将房子淹了,接着把全村淹了,你们不觉得犯罪吗?"余小银说。

"地下河洪水没那么大威力。"老歪说,"真有那么一天,我认命。"

"你要跟我家死磕,是吧?"余小银说。

"是你们余家跟我家死磕。"老歪说。

余小银见东西就摔,还往坑里扔。这个时候,坑底没人捕鱼,砸不到人。老歪在一旁静静看着余小银,砸到最后,老歪心里跟着痛快。余小银气还没发泄完,他跑到水池边,将鱼捞起来,丢下暗河。帮工前来阻止,老歪示意不要阻拦。余小银力气有限,他大喘粗气,干不下去了。歇了一会,来了点精神,往鱼池里砸石头,砸完身边的石头,跳进池子里踩鱼踢鱼。发泄完毕,心里气全消了。他对老歪说:"对不起,歪哥。我性子急,脾气不好,没忍住。往后你该怎么样就怎么样吧,我不再插手。"老歪说:"你的心情我理解。你爸的心情我也理解,但只要他别那么盛气凌人,我会好好跟他说话。"

"你兄弟俩怎么治不了老歪呢?无能啊!"老余捶胸顿足,哇哇干哭。这场面出现多次,每次都挑起余小玉和余小银不好的情绪。情绪来时,心情反复,多少有点怨老歪买家里的房,怨堂下有鱼。

开门声一响,余小柴和余小火姐妹俩回来了。"你们两个哥哥水平不够，江郎才尽，老歪从头到尾还是那样洋洋得意，不低一次头，不服一次软。他的得意就是插入我们胸膛的尖刀。"老余对两个女儿说，"你俩有好办法吗？"

"我们能有什么好办法？除了钱，就没别的了。"余小柴说。

"我倒是有个办法。"余小火说。当全家人竖起耳朵听时，她继续说："将老屋炸塌。哈哈哈！"

老余和两个儿子失望地叹息："这是什么好办法？这是与老歪同归于尽的下下策。"

"我们对付老歪，不能用犯罪手段，绝对不能往那方面想。"余小玉说，"法律我们必须遵守。在守法的前提下让老歪自动放弃，是我们的目的，法律是我们不可触碰的红线。"余小玉心里倒是希望父亲放弃，别跟老歪斗气，事情是父亲惹出来的，父亲无理取闹让人看笑话。可是父亲固执到可恨，余小玉兄弟拿父亲毫无办法。

"要是能用非常手段，还用得着绞尽脑汁？但，这事我能干吗？不能啊！"余小银说。

余小柴姐妹俩回到村里。她们给老歪买了许多礼品，老歪两口子笑歪了嘴。老歪嘴有些歪，当他真心笑时，歪嘴就正了。他嘴巴笑正的时候，显丑，没有歪了好看。因为他歪嘴人们看习惯了，并不觉得丑。老歪老婆立即准备午饭，准备用沱巴山区最高礼遇接待这对姐妹。地陷的故事，姐妹俩听了多次，但她俩还是要求老歪讲一遍。老歪乐意重复。老歪边说边做手势，说到激动时，只有手势没有声音。"当时吓坏了，以为全家人要陷到地下死掉。结果，全家不仅安全，还因此发了财。"说到这里，老歪哈哈大笑。

"这鱼财本来是我家的。"余小柴打断他的话。

"不一定。如果房屋还是你家的，这个坑不会出现，永远。你家从爷爷开始就住这屋了，为什么一直没地陷，待到我接手才陷？因为，这个鱼财是老天为我准备的。"老歪说，"你父亲口口声声说，我们占领他的财运，抢走他的福气，这是错误的。"

老歪能说，两姐妹不知道如何接他的话，如何反驳他。姐妹俩借故参观老屋，进房间去。老歪陪着。屋子比她们离开时有了很大的修整，房子保护、利用得也很好。两姐妹挑不出毛病。可是不能不挑毛病啊。两姐妹找了两处毛病攻击老歪，她俩心里都觉得好笑。有人上门买鱼，他们听说来了一对洋气的姐妹，先不买鱼，专门进屋参观。当他们得知她俩就是余家姐妹时，便"参观"这对传说中的姐妹。

"老歪占了你们家房，抢走你们的运气，可是你们家不也奈何不了老歪吗？"有一个人终于等得不耐烦，唯恐天下不乱，开始煽风点火。这个人眼红老歪卖鱼得大钱。

"老歪是占了我们家房，抢了我们家一段时间运气，但是你们看到将来了吗？将来，马上，这房子还是我家的。"余小柴说。

"将来是哪一年？我恐怕活不到那么长，我从不相信眼睛见不到的空话。"这人说。

"你想怎么样？"余小火对他说。

"我想看到你姐妹俩现在就抢回房子。"他说。

"我花钱雇你抢。"余小柴说。

"钱是好东西，可我怎么抢呢？如果你让我抢他家鱼，我做得到。抢房，我抢不动。"他说。

"那你还操什么心？快买了鱼回家喂猫。"余小火笑着说。

这人一脸尴尬,他生气了,从鱼池子里捞了一网鱼倒入自己竹篓,边跑边说:"鱼钱余小柴姐妹付,她俩雇我抢的鱼。"别的买鱼人羡慕这个胆大的,但他们的脸皮没那么厚,老老实实称了鱼回家。

没有法律法规规定不许人捕捞野生鱼,不能捕捞暗河里的鱼,至少相关政策现在还没出台。谁碰上谁走运,因此才叫人羡慕嫉恨。老歪做人低调,从不主动结仇,自从他大发鱼财,沱巴山区忌恨他的大有人在。人们总想抓住他的把柄,让他难堪,让他出事。都以为他卖鱼偷漏税,他却一笔笔记着,税务干部下村收税,他一分不少。总之,人们恨他,却奈何不了他。人们希望,暗河里的鱼越来越少,少到他一天也捞不到一条。事实上,暗河鱼确实在天天减少,老歪供给人们的鱼也天天减量。不过人们相信,暗河送到堂屋坑底的鱼减少是暂时的,一定出了别的原因。暗河不可知地无限长,拥有的鱼也无限多。现在是冬季,鱼不爱活动,等到明年春天、夏天,还会有成群结队的鱼经过坑底,笑正老歪的嘴巴。

余小柴姐妹向老歪提出条件:按目前市场价一点五倍买回房子,另外还有他"失鱼"的补偿,补偿多少,双方可以谈,一次性付款。老歪不用勾手指算,数字立即准确出现在头脑中。这个价格诱人。他老婆说,划算,划算。老歪不表态,诱人的价钱在脑子里转了几转,最后还是不表态。

"我们给你三天考虑,你还可以提条件,比如你们儿女将来想进我的或者余小火的公司工作都能解决。"余小柴说。

姐妹俩离开后,老歪老婆劝他考虑考虑。意外发了鱼财,再加个"失鱼"补偿,房价还高于沱巴市场价,孩子工作的事也有着落,蠢人都会答应啊。余小柴姐妹的公司可不是一般公司，上市呢，不是那种浪得上市虚名的公司，是真正大品牌大公司。沱巴山区能出两个大企业家，没人想得到。

"但是，余家姐妹太欺负人，凭什么强迫我卖房？我不干。"老歪说，"我发财又不是故意的，他们以为有钱有势就了不起？老子不伺候！"

帮工劝老歪卖房，他们的理由是没完没了的骚扰不说，暗河还有没有大钱挣不说，万一哪天上面来个政策，禁止捕捞野生鱼，特别禁止捕捞地下河里的鱼呢？"大把银子摆到你面前了，你难道让它们变成水？"帮工说。

余小柴姐妹三天后再回村里，照例买来许多礼品，老歪夫妇照例在欢乐中照单全收。"我不答应你们开出的条件。你们别想实现强加于人的梦想。"老歪笑过之后说。

"跟钱过不去的，也就只见过你一个。"余小柴说。

"这世界上有我一个就够了。"老歪说。

余小柴来了兴致，想学做丰鱼，余小火乐意打下手。自从家里捞到数不尽的丰鱼，老歪老婆就琢磨如何把丰鱼做得更好吃。她已研究出丰鱼的八种做法，每种做法都得到别人的认可。那天上沱巴镇，她在老表家开的饭店露了一手，顾客惦记上了。老表跟她学过几回，就是学不到精髓，尽管如此，顾客也还喜欢。老歪老婆只愿意教余家姐妹一种做法。做菜的绝招是火候和配料，其实也不止这两方面，包括对食材的处理，学问太大了。老歪老婆这道菜是不去内脏，将鱼放在明火上烧烤。丰鱼个头不大，最大不超过三两。明火烧烤时容易烤着自己的手，而且烧烤的时间、火苗大小都有讲究。余小柴姐妹烧烤这一关都不过，最后做出的丰鱼味道自然差太远。老歪老婆其实还有关键的一个环节没传授，一般人看不出来，就是用手感知被烧烤的鱼的温度。余小柴认为这种做法太复杂难学，换成汆汤丰鱼。可是，看似简单，姐妹俩却无一能做成功。还是火候问题，还有野生配料入锅早晚和大小火煮的时间问题。

姐妹俩做了两三道废菜，好在，丰鱼本身的鲜美不至于让人抛弃。

"我们姐妹俩计划投资开一家丰鱼店，高薪聘你为大厨，如何？"余小柴突然来了个主意，拍脑袋跟老歪老婆商量。

"一个在家捞鱼，一个为顾客做菜，并不矛盾，挣的是双份钱。"余小火说。

"那你们不抢房屋了？"老歪说。

"不抢了，我们想买断暗河丰鱼捕捞权。"余小柴说。

"我在我家帮你捕鱼，这房子的所有权将受到切割。有一天，你们借口扩大捕鱼场，沿着暗河两头开挖，撑破房屋，房屋便不复存在。很毒辣的一招。我不同意。"老歪说。

余小柴和余小火姐妹俩笑起来，因为，她俩私下的确是这么想的。

暗河上流方向的地面上，那些一心想发财的人，不论冷风雪雨，都没有停止寻找暗河入口。有的人一边开挖一边怀疑，怀疑位置不准，怀疑找到暗河却没了丰鱼。严重怀疑时，停下手中活，坐到一边叹气骂娘。他们不尽相同地投入了大量人力物力财力，幻想第二天早上起来出现奇迹：地陷下去，地洞跟暗河相连。早上继续开挖时，奇迹没出现，看到成群结队进村来的买鱼人，他们的信心又增加了。工间休息时，他们竖起大拇指瞄准老歪的屋子，其实是瞄准那条暗河。他们因为老歪的强硬阻止，没能下到暗河，因此他们的方位都是盲目猜测的。

余小柴姐妹俩给他们带来吃的喝的，有已经冷硬的肯德基、卤猪头猪肘，有雪碧、果汁、牛奶。他们围过来，坐在一起享受。他们长年生活在高寒山区，不怕冷，爱吃冷食。挖坑时是对手，享受美食时成为朋友，他们干杯，互相祝福早日挖到暗河。祝福完后立即在心里诅咒别人一事无成，唯有自己成功。

　　赵合刚刚加入吃食队伍，因为他刚从外面回来。他背回一大包东西，那东西包裹严实，然后被他藏到工地的隐秘处。赵合没有因为来得晚而没吃上肯德基，余小柴姐妹准备了好多，每个挖坑人都有一份。他们后来相互参观挖坑情况，因为地势不同，投入不同，挖坑深浅不一。刨过土层到岩石，他们同样举步维艰。大家进度差不多，然后都放心了。沱巴的冬天阴冷，但他们不怕，他们天天盼着有风刮过。他们盼冷风就像城里人夏天盼空调。风不来时，有人会扇动衣服求风。余小柴和余小火离开沱巴山区多年，她俩已不太适应老家的阴冷。姐妹俩穿着厚厚的高档羽绒服，看上去还瑟瑟发抖。村里人反复取笑她俩，回忆小时候她俩冬天还下田里抓鱼的情景。沱巴山区有丰富的水源，一部分在地下，一部分在山间，而许多地方却缺水，分布不均衡。有的人为了保水来年耕作，收割稻谷时不放干田里的水。在水中收割，需要更多的技术和体力。保水的田，通常养鱼，冬天寒冷的季节，他们想吃鱼就下田活捉。挖坑的人很快吃完肯德基、猪头肉，四下散开，他们不想浪费过多的时间。

　　"如此开挖，地老天荒也到达不了暗河。"余小柴说。

　　挖坑人都听到了，他们装作听不见。这话尖利，都刺在他们心上。他们不愿承认自己的行为是愚蠢的，他们相信前途光明命运通达。此起彼伏的挖坑声在寒冷的村庄上空飞扬，钢钎铁锤打击硬石的声音让人充满希望又让人绝望。

有一种声音从同质化的声音中脱颖而出，他们听出，来自赵合的工地。那是打炮眼的声音。果真，两个多小时后，赵合宣布：放炮了！人们躲开去，到安全的地方。赵合连放十炮。挖坑人在久违的放炮声中愤怒不已。他们马上产生同一个想法：举报赵合。

没人能买到炸药，赵合却能，这里面问题很严重。赵分拨了镇里的电话，镇里说马上来处理。挖坑人无心挖坑，他们来到赵合的工地。这十个大炮炸出较深的窟窿，再有十几组这样的大炮，挖到地下河指日可待。赵合不理会指责的声音，组织力量清理碎石。有的碎石还很大，需要四个人抬。赵合和他的帮工们不怕苦累，不间歇地干着。

镇上干部还没来，赵合准备第二组炮眼了。开山劈石的人都有机械，村里人没有，他们从没使用过，只听说过。赵合也没有，但他有炸药。他在人们愤怒的骂声中放响第二组炮。天黑了，镇政府的人短时间内大约不会来。镇干部回话说，镇里正在调查赵合炸药的来历。赵合准备的炸药并不多，放完第二组炮，工地上再无炮声。他跟大家一样用原始的工具和方式挖坑。他的坑深已经甩别人几条街，同行们受不了。给镇上打电话，总是回话说，正在调查。赵合跟大家一样的身份，也无别的关系，怎么能搞到炸药呢？他们一直没想通。赵合也没有进一步的放炮行动。他们似乎不再指望镇上来处理，开始不理告状一事。后来他们终于搞明白，赵合的炸药是余小柴提供的。不是赵合说漏嘴，是余小柴后来回到村上亲口告诉大家的。余小柴偏心，村里人不高兴，要求她一碗水端平，都是村上的，为什么偏向赵合？

"赵合他爹还偷过你家两只鸡呢，"有人指出，"被你爹当场抓住，抓了现行还不承认。"

"是有这么一回事，不提我都忘记了。"余小柴笑着说。

"你四兄妹上大学时，我们家都送过礼。"赵分说。

"我记得，你家跟我家关系好。非常感谢。"余小柴说。

"我也要炸药，比赵合多几倍的炸药。"赵分说。

"我也要。"

"我也要。"

……

他们都举手要炸药，像饥饿的乞丐伸手要炸鸡腿。他们将余小柴团团围住。余小柴说："你们都安静，你们的炸药一个不少。我要你们联合起来，组建挖坑队。"余小柴说。

余小柴拿出草图，计划在暗河上游炸出一个大坑，一个足能够见到暗河的巨大的坑。

"以后，暗河里的丰鱼源源不断地游来，成为我们的集体经济。"赵分说，"这个主意也不错，毕竟地盘是全村人的，利益共享才公平。"

"在村里炸这么深的大坑，工程量大，需要的炸药量大，你们能搞到吗？"余小柴说。

"我们不能，你能。"赵合说。

"我家也不能。如果有了一个开发项目，成为一个重点工程，那就有用不完的炸药。"余小柴说。

余小柴的简单计划随之做出，工程项目叫"马凹水利工程"。"跟马凹有什么关系？"赵分提出疑问。

马凹在山那边，与本村舍隔着一座小山，虽然也是村里的地盘，但那地方一直荒着。那是一块马蹄形的深坑，地势比村舍这边低四米以上，是块废地。沱巴山区虽然平地不多，可是马凹那块深陷的平地用不上，可惜了。余小柴慢慢给他们讲项目。在村里找到离地面三米的暗河后，打通隧道引水到马凹，那是一个天然的水库，以前缺水，现在有了暗河供水，修建马凹水库成为可能。修成后，可发展旅游，可建矿泉水厂，可养鱼，还可以灌溉，前景广阔。

"这得投多少钱？"

"我跟余小火投资，成立柴火集团……"余小柴说。

余小火很快弄出项目方案，有传闻说项目报到镇里，很快得到批准；镇里以成功引进项目为功，向县里报喜，县里立即给予表扬，并且列入县级重点项目。都是传说而已，村里没人去证实。他们觉得不需要去证实。

余小柴姐妹俩寻找暗河的思路，得到村里人支持。项目成功后，全村人人拿干股，人人是股东，年年有分红，受益终生。只是工程量挺大，首先得搬迁"上游"的村民，然后安置。好在这笔钱，不用任何人操心，柴火集团买单。"上游"人家搬迁，占去全村百分之二十以上人口。少数"下游"村民也希望能享受搬迁的福利。柴火集团暂时没有给出答复。经过反复讨论，地质勘查，春节刚过就选好了搬迁安置地址，专家也给出了因地势建新村的最佳设计方案。效果图很漂亮，功能齐全，村民们做梦也想不到。都说，三月份后，柴火集团建设大军就将开进来。

老余在春天的一个中午回到村里。老歪和他的帮工仍在捞鱼。他们争分夺秒地捞。老余跟两个女儿不同，他从不给老歪带礼物，老歪见了他，脸上便没有真正的笑容。老歪不是指望得到老余的礼物，老歪怕见到老余，老余像一只癞蛤蟆，令他讨厌。老歪老婆为老余做了两道最拿手的丰鱼佳肴，老歪和帮工都借口不上桌，老余一个人在那里喝酒吃鱼。

"村里的动静你们家听说了吧？"老歪的身影出现后，老余朝老歪大声说。

"动静这么大，哪能没听说呢？"老歪说。

"新村安置点有十几二十座新房，将来可能还会有更多'下游'村民的安置。有敬老院，有文化娱乐室，有村民大礼堂。你知道为什么没你的吗？"老余说。

"知道，我不是你们村的。我已经买了你家房屋，怎么能不算你们村人呢？你两个女儿很势利。"老歪说。

"不是势利，是余家对挑战者的反制。"老余说。

"新坑开出来后，暗河上游一拦断，堂屋的这个深坑就成了废坑，暗河成为藏老鼠纳污垢的臭旱洞。无限遥远的下游，会上来许多毒蛇蚂蚁，以及无法想象的爬虫。"老余说，他正嚼着丰鱼，嘴上说得多恶心都没破坏他的好胃口。

老歪阴沉着脸蹲在一边看着地下。老余分析得对，余小柴姐妹找到暗河，拦断，水引走了，丰鱼没了，坑无价值，只有填上。填坑也是个危险动作。暗河废了，房屋价值大打折扣。老婆提醒他，到外面说话。老婆说："丰鱼带给了我们够多的钱，我们要知足。"

老歪说："知足不知足的且不说，暗河没了，我填平它。当然，即便填平也住不踏实。"

"怎么办？"老婆说。

"怎么办？暗河断了，我们搬回村住。到沱巴镇上住也行，我们现在有买房开门面的资本。"老歪说。

老余一人喝酒，老歪老婆看不过意，过来作陪。老余说：

"你比老歪懂事。"老歪老婆能喝，沱巴山区的女人大都能喝。

"为了跟我家斗气，你两个女儿可下大本了。"老歪老婆不客气地说。

"我们跟你家斗气？"老余不屑地说，"要斗气，你们家够得着吗？"

"够不着。可事实上你们就是在斗。"老歪老婆说。

"我早说过，你家早低头，我们之间的恩怨早了结。"老余说。

"都是堂屋下的鱼惹出的事，没有鱼，就没有后面的事，当然，我们也就不能发大财。"老歪老婆说。

"是福是祸，还没定呢。"老余说，"此事源头的确在堂屋下的丰鱼，丰鱼不出现，我都想不起老屋了。"

老歪最终还是坐下来跟老余喝酒。老余亲自为老歪斟酒，两人干掉一小碗。

"如果你改变主意，还来得及。"老余说。

"就是说把房卖回给你？"老歪说。

"对。"老余说。

"你们全家都成为城里人了，惦记这屋干什么呢？老屋除了老，什么都没有。我住着，好好继承保护着，你别不放心。"老歪说。

"问题不在这里，问题在于我说买回来，你死不答应，一句软话都不说。"老余说。

"我还是这个决定，不卖。你家战胜不了我。"老歪说。

老余举起手中的酒杯，说："你信不信，我一家伙把它摔碎？"

村民希望到来的、老歪不希望到来的，开始到来了。柴火集团请来的测绘工程师入村勘测，为精确规划采集数据。工程师们爬山入谷，他们的测量仪器是当下最先进的，得到的数据自然最准确。工作一天，柴火集团陪同人员请测绘工程师们吃丰鱼。老歪乐意接待这批说普通话的工程师。做丰鱼，老歪老婆拿手；煮清水鸡做当地名菜醋血鸭，老歪拿手。老歪拿手是因为当地的鸡好、水好、野生香料好。丰鱼做成菜出售，价值翻两番，这是老歪乐意的最大理由。老歪从工程师口中得知，这个项目做下来，快了得两年，慢了要三年。老歪盘算过，如果工程师包括将来的建筑者消费他家丰鱼，他将获得更多进账。眼下丰鱼少了许多，每天的捕捞量一天天减少，好钢要用在刀刃上，他计划减少鲜活丰鱼出售，以供应建筑大军为主。下午进村买鱼的，最大的那个鱼贩子也只买到二十斤；零买的，一人限买两斤。大小买鱼者不满意，他们都说些难听的话。

老歪没安排工程技术人员在屋里吃饭，哪怕外面风大阴冷。老歪甚至没让他们进屋，工程师快收工时，老歪提前紧闭大门，拦住工程技术人员。

"我们要参观地下河。"为首的工程师向老歪提出请求。

"不行。"老歪答得干脆。

"我们又不能把地下河吃掉。"为首的工程师说。

"你们会准确测量暗河走向。"老歪说。

"我们不带仪器参观总行吧？"为首的工程师说。

"不行，你们的眼睛就是仪器。"老歪说。

工程师们心里不爽，直接坐到饭桌前，闻到鱼肉香，品尝到美味佳肴，怒气才消。工程师们不说赞美话，只顾猛吃，以实际行动表示赞美。他们曾多次到山中测量，吃过山区里的鱼，这种美味的鱼，平生第一次吃到。他们肚皮吃成西瓜，站立不稳,一句话也没说。他们在屋子外的鱼棚里吃的饭,他们的吃饭声盖过池子里鱼的哑巴声。工程师们酒足饭饱,打着饱嗝,艰难地站起身子,然后缓慢走到车边,爬上车,消失在夜色中。工程师们住镇上的旅馆,车程不到二十分钟。

测绘工程师无法给余小柴提供确切的暗河走向,也许水利专家能。水利专家或许可以根据水流量水流速度等数据获得上游河床的走向。问题是,老歪不允许任何人进入他家暗河。测绘工程师们花四天时间测量出村四周和内部的准确数字,工作转向马凹。如果按大家估计的,老歪家暗河深度在三四米的话,无法将暗河水引到马凹,因为马凹最低处比村暗河高出半米,就是说暗河地势比马凹低。以前说马凹地势低都是人眼的错觉。如果不抽水,或者不在马凹打个地洞跟引暗河水的隧道相连,马凹水库就建不成。换作给水库长年抽水,也不是水库的通常做法。再者,即便能够打隧道引水到马凹,工程量大,耗资巨大。余小柴两姐妹得到数据后,很着急。她们的母亲说:"不跟老歪斗气,就什么事也没有。"余家姐妹想法不完全这样,父亲跟人斗气,当女儿的不撑腰说不过去,但这腰一定要撑得旁人心服口服。

测绘工程师还说:"贵村四面环山,东南西北连接外界的都是坡道,最低处的南'缺口'地势也不低,整个村形地貌倒是适合修建一座中小型水库。"

柴火集团的"马凹水利工程"成为村里人的热点话题。测绘队伍离开后,好久不见建设者的身影,村里人开始猜疑,开始焦虑,他们心中燃起的希望之火在风雨里飘浮不定。那些各自寻找暗河的人停止工作,期待余家姐妹设计的项目尽快启动。

余小柴和余小火姐妹碰头,回想起测绘工程师说过的话:

全村像木桶,最适合建水库。两姐妹来了主意:整村搬迁,建水库;水库建成后,按照谁投资谁受益的原则,大力发展养鱼业、旅游业,全村月月分红、年终分红。方案报到县里,立即得到批准,并立为县里一项重大工程。

余家姐妹带着方案和工作人员回到村里。前面的方案改变,整村搬迁建水库的方案突然到来,有村民一时不能接受。

不管村里有多少反对者,柴火集团临时工程指挥部都驻扎到村里来。老余和村里的项目支持者寻找新村址,因为前次确定的少数人的新村安置点,处于未来水库淹没区域。一行人走到离村一公里半的大冲时,都停下脚步。这里是一片杂树林,几个低矮的土坡相连,即便将来水库大坝泄洪,也不会影响到这里的安全。在场的测绘人员立即勘测。两天后,测绘人员拿出数据,交给规划设计人员。又不出几天,新村规划效果图设计出来。

柴火集团工作人员将新村规划效果图、水库效果图竖在村头,供村民参观,并做仔细讲解。村民关注的重点在新村规划。方案中,新村按高标准的新农村模式建造,新村的未来经济收入也有了详细的规划。看了规划效果图,了解到未来的蓝图,村里再无反对的声音。

新村建设开工仪式在晚春一个吉利日子举行。几台大型挖掘机及二三十个工人、村民如数到达现场,场面壮观辉煌。县领导讲话之后,老余主动上台代表他自己讲话,他一边讲话一边搜索人群。老歪没有来,老余很失望,他把声音努力提到最高,以将声音传到村里、传进老歪的耳朵。老余说了许多废话,颠三倒四地说废话。到最后,他点名批评老歪,说老歪买下他家房屋不好好珍惜保护，弄出一个大窟窿，饿虎一般贪图地下河里的丰鱼，发了财对村里公益事业不闻不问，哪怕今天这个大好日子也不参加。"老歪，是全村的'敌人'！"老余最后说。老余批评老歪，没引起多少村民共鸣。

开工仪式之后，挖掘机开始工作。工地上一派热火朝天的景象。

有两辆大卡车从公路经过。公路距离开工仪式现场不到十米，将来，公路从新村擦过。卡车停下来，一些村民走向卡车。两个司机是外地人，他们拿出香烟散给抽烟的村民。卡车不是经过，目的地就是他们村，村里有人要搬家。村民爬上卡车，坐车回去。

不到一个小时，进村去的那两辆卡车出现，车上装满家具。车在跟前停下，老歪从车上跳下来。"是我搬家。"老歪对老余说，"我不想等到被水淹才搬。我在沱巴镇上买了房子，以后就住那里了。"

老余说："你太贪心，贪心到无底线。沱巴山区的丰鱼被你捕灭了种，老天会惩罚你的。"

"我承认我贪心，但我还没有贪心到灭绝丰鱼种。"老歪说，他把手中的东西递给老余，"这是大门钥匙，这是房产证、土地证，我交给你，你拿着。办理过户手续时我积极配合，毫不含糊。"

余小柴走过来对老歪说："歪哥，如果你想成为新村一员，我会想办法让你实现的。"老歪说："你姐妹俩是好人，你两个哥哥也不错，跟你爸两样。入村的事，我想想。"

卡车摇摇晃晃离去。

老余追得紧，下午，就去镇上国土所办理房产过户手续。

"当初我是从你手上买的,现在你原价或者按高出市场价买回我都接受。"老歪说。

老余说:"你从我家地下捕丰鱼发了横财,我必须将房子原价要回去,一分多余的钱不给。"

过户手续办得顺利,几天后,房产证经县里国土局房产局审核后就到手了。后来,老余只用两天时间就拿到房产证。老余来到老歪镇上的家,老余崭新的房产证在老歪眼前晃动。

"你赢了,但我没输。"老歪说,"我跟你斗气能促成柴火集团建水库,造福百姓,铺开致富路,我就是赢家。"

老余不可名状地笑了一下。

红军旗

1931年1月。旧历年关将近。吹过二河镇的北风夹着细小雪花，来了又去，去了再来。街上行人渐少，前来赶闹子（赶集）的人分别走向自己的家。六爷的雪萝卜还没卖完，他想多卖些，有了多的钱就能买药治老伴的病，还能割点肉，买些年货。年，年年过，一年比一年过得苦。六爷在设想中叹气。天色渐晚，再无人来过问他的雪萝卜。唯一留下来的卖肉人似乎在等着他，久等不来，他主动移到六爷摊点前。卖肉人刀下得重，一刀就要光了六爷卖雪萝卜的钱。"这么好的猪肉打火把都找不到，就不要再切开了。"卖肉人不容六爷申辩，抓过六爷手中的钱走了。肉是好肉，这点肉也的确不够全家吃的。六爷就认了，他还自我安慰说，也许吃了肉，老伴身体会好起来。收了摊，六爷往回走。济民药铺正在关门。六爷心头涌起一个主意："我可不可以用雪萝卜换药？"药铺老板一口回绝，然后关紧了大门。济民药铺老板也是个郎中，他的人品、医术比蒋家岭的蒋述德差远了。可是，六爷欠蒋述德太多，不好意思再请蒋郎中白看病白送药。

出了镇子，就是通往六爷他们枫树坪村的山路，没走多远，碰上土匪。土匪围住六爷，不说话，上来就抢。他们抢走六爷刚割的猪肉，抢走没卖完的雪萝卜。六爷本能地跟他们争夺，被打成重伤，昏死在地。土匪临走，剥光六爷的破衣烂衫。

去镇上赶闹子的村里人陆续回来，六爷迟迟不见。都过晚饭时间很久了，家人着急，全村人着急。蒋宏图带领三个后生一路寻到二河镇上。镇上黑麻麻，空无一人。分头去外村亲戚家寻找，均无结果。附近有个村，曾经出现过一人走夜路跌死在路边的例子。全村人举着火把，沿途边喊着六爷边仔细查看山路两边。来回找了两遍，仍无六爷身影。接近天亮，有一支队伍走向枫树坪，而六爷就在这支队伍里。他被人抬在担架上。

"我们是中国工农红军，穷苦百姓自己的队伍。"为首的那个军官对村民们说。

"他是我们的肖连长。"一位战士趁机介绍说。

六爷伤势重，但命捡回来了。土匪抢走六爷的东西，打伤六爷，还没出几步，肖连长的部队正好出现。他们绕道二河镇子经过这里。一排红军追捕土匪，卫生员立即抢救六爷。六爷昏迷不醒，肖连长不知道如何送六爷回家，行军时间紧迫，只得在附近一座破庙里临时安顿。肖连长脱下自己身上的衣服，张副连长贡献出自己备用的裤子给六爷穿上。一排抓到两个土匪，夺回了六爷所有的东西。六爷苏醒能够说话后，已经到了下半夜，肖连长的人马在六爷指引下，急忙护送六爷回枫树坪。

村里人为红军送来滚烫的姜水，里面放了糖，村里人将仅有的准备过年的红糖都拿了出来。

"我们是红军，不是国民党军，红军是穷人的队伍。"肖连长喝着姜糖水，提高声音说。

"记住，我们是红军。"肖连长继续说。肖连长从身上摸出一些散钞票，塞到六爷怀里，叫他拿去请郎中看病。接着，战士们也拿出钞票，捐给六爷。

天刚刚亮，一面红军的旗帜在寒风中飘扬。然后，这支队伍在这面旗帜的带领下，在全村人的目送下，离开村庄，去往村人不知道的地方。有了肖连长他们的捐赠，六爷的伤、他老伴的病、购买年货的钱都够了。三年后的1934年6月，六爷去世，回光返照时六爷还谈起肖连长和他的部队，谈到肖连长他们的好。

1934年桂北，湘江东岸。

已经入冬，桂北的大风阴冷锋利，经过山林、岩洞，摩擦出怪异的吼声。伴着风声，周边传来枪炮声。与当地鸟铳完全不一样的枪声，近段时间时常响起。民众被枪声吓怕，枪声一响，他们就会下意识地紧张、躲藏。活跃的民团告诉民众，引起枪声的是叫红军的"赤匪"。

"是三年前经过我们村那些扛枪的红军又回来了吗？"蒋宏图问侄儿蒋山立。

"是的。三年前经过我们村的叫红七军，北上到江西与井冈山的中央红军会合了。"蒋山立说。他在二河镇政府工作，是国民党党员。他这次回来通风报信，说是有一股红军将从村里经过，让全村老少小心，能藏的粮食鸡鸭牛猪藏好，能躲避的躲起来。

"不说三年前，四个月前也有一支红军从我们地盘上经过，过湘江西去。"民团团长唐友苟接过话。

"如果来的是跟红七军一样的红军，我们就不怕。"蒋宏图说。

"不要被红军麻痹，蒋委员长说了，他们是'赤匪'。"唐友苟提醒蒋宏图。

"坏人在做坏事前，总是装出很善良的样子。"蒋山立说。

"这回会来很多红军吧？"蒋宏图问。

"可能吧。你没见桂军全动起来了吗？蒋介石派出的'剿匪'部队也正火速赶来。"唐友苟说。

"三年前的肖连长和他们的人，没抢村里一颗粮食，救了差不多见阎王爷的六爷。"蒋宏图说。

"三年前是三年前，现在是现在。小心为好。"蒋山立说。

红军是什么人，蒋宏图不完全了解。通过肖连长他们，他印象里，红军不是坏人，至少对老百姓不坏。桂军口口声声说是自己人，可是，他们当中不是经常有人进村骚扰民众吗？唐友苟也说是自己人，他爱嫖娼赌博且不讲，没少欺压百姓，强要百姓的钱财。

唐友苟带着队伍进枫树坪搜刮一些鸡鸭粮食后，仍然怀揣不满足离开村子。蒋宏图对侄儿蒋山立说："你们政府也不管管！"蒋山立说："民团虽然是地方武装，但他们业务上受桂军部队管，算半个军人，桂军是他们的靠山，我们政府虽然给他们发饷，可是，哪里管得了，哪里敢管。"蒋山立说。

"来的真是红军吗？"蒋宏图仍然不放心地问。

"据可靠消息说是红军，是国民党军队必须消灭的'赤匪'。"蒋山立说。他有一个朋友在桂军里当侦察兵，消息来源必定可靠。

蒋山立的父母沾了在政府工作的儿子的光，住在二河镇上，所以他不用留在村里看望父母。蒋山立离开后，村里人继续留在蒋宏图家里，让他拿主意。

"我没有主意。"蒋宏图说。

接近中午，从外面回来的村里人说，附近村民正在往山里转移，寻找藏身的岩洞，能带走的财产都快转移完了。"我们怎么办？"有人问蒋宏图。蒋宏图不知道怎么办。他拿不定主意。红七军是好人，能说明即将到来的红军也是好人吗？这一支红军是好人，那一支红军就一定是好人吗？蒋宏图犹豫不决。转移，动静太大。可是，不转移，万一出事，他对不住全村老小。

性子急的族人没等蒋宏图拿主意,就开始将家中的鸡鸭装进笼子挑进山里,将猪牛往安全的地方赶。受到感染,越来越多村里人忙着转移家中财产。村里乱糟糟的,伴着许多呼儿唤女的急迫声。年迈并且行走不便的老人不想拖累儿孙,决定不走了。儿孙不放心,用担架抬。担架从蒋宏图身边经过时,有个老人叫停下来,他悄悄对蒋宏图说他想跳进深渊,等有了机会就跳,不给儿孙添负担。

村里的财产还没转移完,还有许多人正准备动身逃跑,有消息突然传来:红军来了,红军来了,快跑!

村里更乱了。

"逃命要紧,所有东西不要了,不要了!快跑,快跑!"人们听清楚是蒋山立的声音,他有一匹马,能够自由地在政府和村庄间的山路上小跑。

村里人丢弃财产逃命。

一支红军很快出现在村口。"我们是红军,穷苦百姓的部队,老乡,别怕,不用躲,不要跑!"喊话的人是三年前救了六爷性命的肖连长。村民不听,反而跑得更快。当年负责侦察工作的肖连长,到了井冈山后,被安排做侦察连连长。

村里静下来。枫树坪是他们的目的地,他们必须在此驻扎,以此为据点,辐射到四周,侦察出更多情报回传给大部队。时间紧迫,肖连长的部队顾不上劝阻百姓,立即投入工作。因为搞情报,肖连长他们穿着便服,除了手中的枪,再无部队的标志。躲在山上的村民看得见村里的动静,肖连长他们自己架锅做饭,入夜就在屋檐下休息,不碰老百姓任何东西。

北风呼啸，还下起了小雨。

蒋宏图下山来。"我要找你们长官。"蒋宏图对站岗的战士说。

"我们这里没有长官，只有同志。"另一位红军战士听罢，将蒋宏图带到肖连长身边。

"天冷，下雨，你们进屋睡吧。虽然多数为茅屋，总比外面强。"蒋宏图劝说。他已经认出了肖连长。三年多前，虽然只是匆匆一见，但记忆深刻。

"我们这样很好，"肖连长说，"你就不用操心了。快把乡亲们叫回来。让他们放心，我们不会伤害村里一草一木，不会动人一根头发。"

蒋宏图劝了好一阵，肖连长就是不下让战士们进屋避风雨的命令。此时，听说来的是肖连长，回村的男人多起来，他们都劝红军进屋。盛情难却，再说，风雨更大了，肖连长这才命令部队进屋休息。蒋宏图叫每家熬一锅生姜水，有红糖的加红糖。滚烫的生姜水温暖了红军的心，也让村里人心生快慰。

肖连长和两个战士住在蒋宏图家。松油灯下，肖连长从其中一个战士手中接过一块布，展开后，是一面红军旗帜。

"好好保管。"肖连长对那位战士说，"虽然我们是侦察兵，现在因工作需要暂时收起来，但总有一天会高举红旗的。"

"人在，红旗在；即便我不在了，也会有同志接过红旗。红旗永远在！"战士接过红旗，仔细折叠好，放入一个铁盒子里。

蒋宏图大概明白，红旗就像家族里的祠堂，是权威，是全族人凝神聚气之所在。肖连长给蒋宏图讲革命道理，蒋宏图听不太懂，但他听明白了一点，红军是支穷人的队伍，闹革命是为了穷人翻身做主。

天还没亮，村口突然响起枪声。得到消息的国民党军扑到枫树坪，围剿肖连长的部队。肖连长带领战士沉着应战。为了不伤及村里人，肖连长的人马冲出村外，引走国民党军，把战场设在村外的柴头坳。

早上八点左右，枪声稀了远了。蒋山立的黑马出现在村里。"这股红军被李军（当地人有时候对桂军的称呼，因为桂军头目叫李宗仁）消灭了。"蒋山立说。

"红军全……了？"蒋宏图问。

"不死的也被打伤打残打跑了，总之，这支部队没了。"蒋山立说。

"肖连长的铁盒还没带走呢。"蒋宏图突然想到。他不相信肖连长的部队没了，他坚信肖连长还活着。

湘江战役前后打了五天，国民党军没有按计划消灭红军，红军突破湘江西去。但是红军损失惨重，国民党各级报纸大吹特吹取得了伟大胜利。桂林和全县（现名为全州县）县城出版的报纸，连续刊登国民党军大捷的消息。这些报纸发行到了二河镇，一些乡绅又从镇上把报纸带回到村里。关心政治的当地百姓谈论政治时局的同时，桂军和民团开始搜捕失散的红军。唐友苟带领十几个民团成员来到枫树坪村。肖连长他们侦察连在此停过一夜，唐友苟有理由相信枫树坪藏着失散红军。如果能抓到一窝红军，他就发财了。枫树坪是蒋山立的老家，不能让他抢了先。枫树坪被唐友苟的人翻了个底朝天，能顺走的东西都顺走了。蒋宏志家两块大大的陈年老腊肉，藏在石灰缸底部，也被唐友苟翻出来顺走。没搜到失散红军，搞到一些好货，唐友苟不枉此行。他将村里人召集在一起，学着桂军军官训话的派头，说："谁私藏'赤匪'谁就掉脑袋！不管是谁发现了'赤匪'，只要是活口，一律首先向我报告。报告者有奖，私藏者吃枪子。"

村庄四面是山，这些从丘陵地带拔地而起的山，高大，林密，洞多，溪流纵横交错。藏几个红军，不容易发现。进山搜捕，无异于大海捞针。唐友苟拔出手枪朝天开了三枪，他的队伍分别向东南西北的远山开枪，壮够胆，宣泄完，唐友苟带队伍耀武扬威离去。家里东西被顺走，村里人敢怒不敢言。等唐友苟队伍走远，村里人这才骂他们是土匪。成天骂红军"赤匪"的一部分桂军、民团，才是真正的土匪。枫树坪村有人在政府做官都遭劫，那些没有丁点背景关系的村庄，受欺压就可想而知了。

红军留下的铁盒，蒋宏图藏得好好的。唐友苟没有翻到。蒋宏图没有等来取铁盒的肖连长或者他的战友，却等来了索要铁盒的桂军。

一定是有人告了密，不然，桂军怎么知道蒋宏图留有红军铁盒，铁盒里有一面红旗？

桂军王连长带来一个排，他们进入蒋宏图家。"红军留下一面红旗，马上交出来！"王连长说。

蒋宏图想了一下，认为消息已经被谁出卖，没必要再撒谎，他回答说："红军确实落了一只铁盒在我家，里面装着一面红军旗。旗帜是新的，好好看。"

"那还不交出来。"王连长说。

"要不是你们突然进村子，肖连长不会落下那么重要的东西。"蒋宏图说。

"私藏'赤匪'进班房，私藏红军旗是死罪。"王连长说。

"那是肖连长的东西,我必须亲自还给他。"蒋宏图说。

王连长说:"少扯。给我搜!"

"你们敢搜我家,蒋山立同意了吗?"蒋宏图拦住前面的士兵。

"蒋山立算什么东西!"王连长拔枪朝天开枪。他忘记了这是在室内,他朝上的一枪打烂了头上的青瓦,碎片落下来,一屋子人乱作一团。安静下来后,王连长跑到屋外:"谁阻止我搜查红军旗,我就让他吃枪子!"王连长朝天连开四枪。

蒋宏图装出冷静的样子,任由王连长的人搜查。搜到那间房,蒋宏图身子发抖。他看了看脚边的锄头。"谁要是提走铁盒,我一锄头劈死他。"蒋宏图想。床板掀开了,铺地上的稻草扒开了,草木灰也被划了几划。

"报告连长,没搜到。"

"没搜到报告个屁!继续搜!"

连搜三遍。

蒋宏图外表的冷静致使王连长火冒三丈。王连长想,蒋宏图如此冷静,红军旗肯定不在屋里。"藏到哪里了?快说!"王连长手枪顶住蒋宏图的左太阳穴。

"红军旗是红军的,铁盒是红军的,我没有资格交给你们。等我交到肖连长手上后,你要抢要缴,就不关我的事了。"蒋宏图说。

"绑了,押军营!"王连长说。

蒋宏图挣扎、反抗,但是无效。还没出村口,蒋山立骑着马赶回到村里。蒋山立说:"快放下我满满(叔叔),快放下我满满!"

王连长冷笑,"你算哪个山头?敢在军爷面前叫喊!"

蒋山立下了马,给王连长作揖请安。

"求王连长放了我满满。"蒋山立说。

"我也不想抓人,你为政府做事,我……部队卖命,虽然互不侵犯,但我们都是党国的人,都为党……效劳。"王连长说,"我也不是不讲道理的人,只要你满满……出红军旗,我立即放人。"

蒋山立走到蒋宏图身边,摸摸他身……绳子:"满满,痛不痛啊?"

"痛啊,他们绑得太紧了。"蒋宏图说。

"私藏红军旗是死罪,你快交出来吧……"蒋山立说。

"死就死吧。我宁可死,也不能没经……连长同意把红军旗交出来。"蒋宏图说。

"为了一面红军旗丢掉宝贵生命没……要。红军是'赤匪',你不晓得吗?蒋委员长、李军为什么……这么大价钱'围剿'红军?"蒋山立说。

"我不管这些。先莫讲红军是不是'赤匪',单说铁盒、红军旗,是肖连长的,我就要还给他。"……宏图说。

"满满,你扛了木头不懂转弯,……不分。"

叔侄俩说了几分钟话,蒋宏图……坚决不交出红军旗。王连长押送蒋宏图到二河镇上的军营里,软硬兼施。关到第二天,蒋宏图不答应交出红军旗,王连长下令严刑拷打。打吐了血,蒋宏图也不松口。排长报告给王连长,王连长说:"继续打,打到他想活为止。"排长说:"我按你的命令没停止过严刑,打得我们的士兵都怕了。那块骨头硬啊!"

王连长亲临现场。

"蒋宏图,你就低下头吧,求你了。"实施酷刑的伍班长说。

"你起来。"蒋宏图无力气说话,他用轻微动作让伍班长不要再劝。

王连长抢过伍班长手中的皮鞭,高高举起:"快交出红军旗,不交我就打死你。"

蒋宏图两眼喷射怒火,像黑夜里两只凶狠的虎眼。王连长吓住了,他放下皮鞭,捂了眼,走出那间黑暗的屋子。不多时,有人来报,估计蒋宏图快不行了。王连长请了镇上的西医,又请人去叫蒋家岭的著名郎中蒋述德。西医往蒋宏图屁股上打了一针,留下西药就走了。蒋述德为蒋宏图把脉,诊断病情。王连长问:"他是不是马上要死了?"蒋述德没有明确表示。

"快,把蒋炳德喊来。蒋宏图要死了。"王连长下令。

得到命令后,蒋炳德不多时被押到。王连长只留下蒋宏图一对父子。王连长鬼主意多,他认为蒋宏图在生命的最后时刻,一定会把藏红军旗的秘密传给蒋炳德,因此给了他们父子俩整夜在一起的时间。第二天,蒋炳德被关入另一间"牢房"。

负责审讯的士兵上来就给蒋炳德一通猛揍,打得他七窍流血。"红军旗在哪里?说!"

"放了我老子(父亲)!"蒋炳德说。

"你交出红军旗,我们立即放你老子。"

"放了我老子,我立即交出红军旗。"

双方拉锯。王连长走进来,他摸摸蒋炳德的手臂,说:"你跟你老子不一样,你是通晓事理的人。你会马上告诉我藏红军旗的地点。"

"我跟我老子一样,他的骨头有好硬我的就有好硬。"蒋炳德说。

无论如何惩罚,这两父子都不开口。蒋宏图告诉王连长,藏红军旗的地点只有他一人知道,蒋炳德并不清楚。而蒋炳德告诉王连长,他知道蒋宏图藏红军旗的地点,但是他重新藏了地方,现在,只有他蒋炳德一个人知道了。父子俩强调只有自己知道秘密,目的是保护对方。王连长不能判断这对父子谁在撒谎。因此,继续关押父子俩。

蒋山立求情,二河镇镇长出面求王连长,请求放过父子中的一个。王连长自然不听。镇长见蒋宏图父子被打得可怜,好言相劝,希望他们看在"党国"分上,不要跟王连长作对,红军旗不是一般的物品,红军是国民党的敌人啊。

"我不管国民党共产党,国军红军,我只管哪个对我好对我们村的人好,我就对他好。肖连长和他的人好,我们永远记得住。"蒋宏图说。

村里人派出几个代表来镇上看望蒋宏图父子,王连长不让。王连长让他们站在一块平地上,训斥他们没有做好蒋宏图的思想工作,反而跟政府作对。村民不听王连长的话,等王连长骂得无话可说后,又拥向"牢房"。王连长叫人开枪。听到枪声,好多人跑过来看热闹。蒋山立听到枪声,也跑过来,见是村上的人,很感动,但他还是大骂村里人找死。"我满满脑子坏了,他敢收藏红军旗,你们脑子都坏了吗?还派代表来看望,找死啊!"蒋山立边骂边哭。

"你再骂,我们就把蒋宏图伯伯抢回村!"一位小伙子听不下去了,高声说。他一呼百应,村里人朝"牢房"冲去。

枪声响起。子弹朝天或者朝地飞。蒋山立抢在村人最前面,卧倒在地阻止。村人脚步被阻挡,这才冷静下来。

蒋宏图的哥哥,即蒋山立的父亲来送鸡汤。他先去了就近的蒋炳德的"牢房"。他问蒋炳德:"想出去吗?"

"想,天天想。"蒋炳德说,"伯伯救我。"

"只有你自己能救自己。交出红军旗。"伯伯说。

"交不交,听我老子的。今天我想过了,就算我老子愿交,我也不交,打死也不交。"蒋炳德说。

"父子俩的性格正是我们家族的性格,"蒋宏图的哥哥感慨地说,"有利也有害啊。"他还带来了著名郎中蒋述德给的治疗跌打损伤有特效的药丸,吩咐蒋炳德饭后口服,一日三次,一次三粒。随后他来到蒋宏图的"牢房",兄弟俩相对无言。

蒋山立想出一个主意,他带人搜查叔叔家。婶子弄清他的来意,同意搜查。婶子上山去,蒋山立跟着,叔侄俩都想到一块了,眼不见为净。蒋山立带来的人搜查屋子两遍,没发现铁盒,他们跟王连长一样,一见到那张床下的草木灰就马虎了事。

蒋山立弄出的动静惊动了蒋宏志,他对蒋山立说:"红军曾经救过我家族人的命,是我们家的恩人;三年来他们两次进出我们村,没做过任何坏事,只为我们做好事。"

"我记得,三年前肖连长来那天清早,我儿子害怕,躲进你家方桶里。后来我们都发现红军并不是外面宣传的那么坏,而且还相当好。"蒋山立说。

"你带人搜查红军旗,最后交给李军,看上去救了你满满和弟弟,可是你会伤透他俩的心。"蒋宏志说。

"我管不了那么多了。"

"最后,你满满也要气死。"

"所以我不亲自搜查,我跟婶婶上山。"

"主意你出的,人你带来的,你不是'亲自'是什么?"

蒋山立哑口无言。他带来的人准备搜查祖屋时，被族人拦下了。"你们倒是想个办法救我满满啊！"蒋山立说。

"我们的办法只有一个，上二河镇上抢人。"有人说。

抢人自然不是办法，去多少死多少，而且还抢不回。村里搜不到，蒋山立指挥人上山。他知道蒋宏图一些上山的规律，比如常去给野兽下套的地点，常去采紫灵芝的地点。搜到天黑，不见藏匿红军旗的蛛丝马迹。

蒋述德的药丸疗效显著，蒋宏图父子的内外伤一天天好起来。王连长用尽了办法，得不到红军旗，烦了，腻了。他问上峰，还继续追红军旗吗？对方说，当然啊。王连长开始发牢骚，不就一面红军旗吗？有多重要！搞得像要夺取一个山头似的。

深冬到来，春节到来，蒋宏图父子俩还被关着。蒋山立带重礼求王连长，要接蒋宏图父子到他家过年。王连长不同意，他答应蒋山立陪蒋宏图在"牢房"过年。蒋宏图一家及他哥一家，在"牢房"里摆开架势，过了一个特殊之年。红军旗没追到手，王连长不敢要蒋宏图父子的性命；但也不能保证，哪天，李军恼羞成怒，一道命令下来，枪毙了蒋宏图父子。所以家里人特别珍惜这次"牢房"过年，能叫来的亲戚都叫来了。深夜，蒋宏志带领二十几个村里代表来陪蒋宏图父子过年，他们带来好菜好酒，生火支铁锅，热闹非凡。看守的士兵被轮流请过来喝酒吃肉。快到天亮，宴席才散。

又一个春天来到桂北山乡，蒋宏图父子平静地坐"牢"，一日有两餐吃，也没人来审问。蒋山立想给蒋宏图父子带去消息，却什么消息也搞不到。王连长不知道下一步怎么办，因为上峰没有明确指示。1935年7月，王连长所在的连调走了，有的说调到桂林，有的说调到南宁，反正，离开了二河镇。蒋山立久等不到新驻防桂军，他问民团头子唐友苟，也得不到答案。后来唐友苟反馈说，二河镇上不再驻兵了。

"我满满和弟弟怎么办？"蒋山立说。

"还能怎么办？"唐友苟的话里有话。

蒋宏图的哥哥拿着斧头和铁锤砸开了"牢房"门。蒋宏图父子走出"牢门"，重获自由。蒋山立租了马车，拉蒋宏图回村。蒋宏图身体完全养好，他不坐马车。"这是荣耀，必须坐。"蒋宏图的哥哥说。

蒋宏图父子俩前后各坐一辆马车。山道上很少有马车行走，出现马车，说明来了大人物，或者大喜事来了。沿途村庄的人打探清楚后，都来祝贺，人人竖起一对大拇指。然后，放长长的鞭炮，以示对蒋宏图父子的敬重和表彰。

铁盒躺在床下的坑里完好无损。蒋宏图将它挖出来，仔细去掉表面泥土，又用湿布抹干净污渍。哪里最安全？他想不出哪里最安全，哪里都不合适。蒋宏图觉得还是地板下最安全。他给床下那个坑砌了烧砖，垫上厚厚的石灰，然后用石灰掩盖。石灰防潮防虫，只要一年换一次，就能很好地保护铁盒以及红军旗。床下仍然是用草木灰和稻草做掩护。这间房，这个坑，是全家的重地禁地。

蒋炳德到了讨老婆的年龄，媒婆踏破他家门。适龄女子都愿嫁给他。千挑万选，蒋炳德挑中了草鱼当老婆。草鱼家在五里外的鸭婆岭，那里自然条件比蒋炳德他们枫树坪村好许多。原本她家人要把她嫁到全县城里或者桂林城大户人家的，但是，她实在不舍得蒋炳德。还不到腊月，两方家族就急着办了喜事，都生怕对方飞掉似的。喜事办得热闹，好多不是亲戚的村外人前来祝贺。

"做人，骨头要像蒋宏图一样硬；嫁女，要嫁蒋炳德那样的硬汉。"十里八村开始流行这句话。

草鱼肚子争气，不到十个月后，生下了一个胖小子。蒋宏图给孙子取名蒋仕强。

山里不平静的日子是从抗战全面爆发开始的。桂军准备北上抗日，需要壮大队伍。征兵是其中最重要的一个内容。无论多偏僻的山村，都有了宣传当兵打日本鬼子的人影和声音。蒋炳德想去当兵，他想通过当国民党兵去红军部队，那样他就能找到肖连长。蒋山立笑他想得天真，国共虽然合作，但不是两个党的部队合并到一起打日本鬼子，仍然是各打各的。蒋炳德一犹豫就错过了国民党征兵报名时间。这一天，蒋山立却带着王连长进村来。王连长升了一级，当副营长了，当人们都叫他连长时，他板着脸反复纠正。王副营长负责二河镇征兵的政审工作，所谓政审，其实就是不要老弱病残的。都是打日本侵略军的，谁愿上前线都行。王副营长在名单里发现没有蒋炳德，立即找上门。

"你必须当兵，党国需要你。"王副营长说。

"反正都是打日本鬼子，国民党军共产党军都一个样。"又有人说。

"当了国民党军就有机会见到红军的肖连长。"王副营长说。

蒋炳德被说动了心。他跟王副营长走了。

"你要完成两件事，一是多打鬼子，二是找到肖连长。"蒋宏图反复叮嘱即将当兵的蒋炳德说。草鱼哭是哭，但她并没有阻拦老公当兵，虽然他可能有去无回。

人去后，家里天天等蒋炳德消息，却一个消息也没等到。

蒋山立利用关系打探，同样没得到消息。前方打仗，哪里顾得上给家里传递消息呢？家里人只好从报纸和电台有关桂军抗日的消息里推测蒋炳德的消息。

时间在家人为国担忧为蒋炳德担忧中，一天天艰难过去。1944年9月，日本鬼子侵犯桂北，实施"三光"政策。鬼子来势汹汹，二河镇政府工作人员一边组织抗战，一边带领家属撤到自认为安全的地方。桂林城的中国部队已经做好抗击日寇的准备。蒋宏图他们这个偏远的枫树坪村也来了日本鬼子，手无寸铁的老百姓不得不躲难。鬼子进村的消息，蒋山立事先通知了村里人。

为防万一，蒋宏图挖出铁盒，背在身上。好几年过去了，铁盒完好如初。日本鬼子一路烧杀抢掠，许多老弱病残者被烧死杀死，有的最后饿死在逃难路上。蒋宏图年龄不算大，身体强壮，他和族人没有目标地逃难。等他们逃到麻子镇时，与村里人走散，只剩下老婆、儿媳妇和孙子，还好，孙子蒋仕强已经九岁，奔跑功夫不比成年人差。

麻子镇乱糟糟的，地盘比二河镇大，人口比二河镇多。一下子聚集了许多南下逃难人，治安乱，物价贵，食品极缺。镇子周边能吃的一样不剩，老鼠都不剩一只。蒋宏图一家身无分文，袋无一粒米，连继续行走讨饭的力气也没有了。他们决定暂时留在麻子镇。

"铁盒子里不只有红军旗。"蒋宏图老婆提醒大家说。

"铁盒好沉的，里面可能有大洋，有金银财宝。"草鱼说。

"只要打开铁盒，我们就有救。"蒋宏图老婆说，"哪怕把红军旗当布卖，也够我们一餐半餐伙食。"

"不许打铁盒的主意。都闭嘴。"蒋宏图说。

"我们饿死了不要紧,蒋仕强也要饿死吗?"草鱼说。

"铁盒是肖连长的,我们能打开吗?能要里面的东西吗?"蒋宏图问孙子蒋仕强。

"不能。"蒋仕强说。

"可是我们都快要饿死了呀。"蒋宏图引诱说。

"饿死也不能动铁盒。"蒋仕强说。

蒋宏图将铁盒系在身上,与铁盒形影不离。有一天他饿晕,老婆试图弄开铁盒,动静太大,弄醒了他。他骂老婆,还用脚踢她。"想动铁盒,除非我死了。"蒋宏图说。

"想动铁盒,除非我也死了。"蒋仕强跟着说。

孙子仍然跟自己一条心,蒋宏图心里踏实了。孙子是全家的命根子,孙子在,铁盒就在。从此,全家再无人动铁盒的心思。

蒋仕强人小鬼机灵,他总能在镇上搞到残羹剩饭,哪怕是别的能填充肚子的食物。恢复一点体力后,全家人各显神通,外出找事做。他们以饿一天、吃一餐的日子度过了数个月。1945年3月,桂北仍然阴冷。蒋宏图一家一边讨饭,一边摸着回家的路,终于回到村里。不久,村里人陆续回来。这次逃难,全村损失不少人口,走散的、饿死的、被害的都有。蒋宏图的哥哥也死了,是在逃亡路上被日寇冷枪打死的。伯娘及蒋山立一家不幸死于战火之中。据说,蒋山立一家躲避的地方离桂林保卫战阵地太近,遭遇到日本鬼子的轰炸。

8月,艰苦卓绝的抗战最终取得胜利。二河镇上许多当兵的回到家乡。回乡的并不全是残兵。蒋炳德没有回,同去当兵的都不知道蒋炳德在哪支部队,他们不能给予蒋宏图确切消息。与日本鬼子打仗的这几年,部队时常被打散打没,剩下的不断重新改编组合。栗树脚村那个当兵回来的告诉草鱼，蒋炳德可能去了共产党那里，因为他时刻都在找共产党，又时刻被他的上级防备、追杀。两人曾经在桂军的同一个团，后来不同团仍同师，情况互相知道。到了抗战最后一年，两人才失去联系。

年底，二河镇上再无当兵的回家了，蒋宏图一家一致认为蒋炳德可能牺牲或者被他的上峰处决。没想，1946年3月，蒋炳德回来了。他抗日立过战功，当上了国民党军营长。国民党发动内战时，他想带领全营官兵起义，想加入共产党部队，哪怕共产党不接收，至少也要脱下国民党军装，不再打内战。不想被长官发现，派出两个团的兵力围剿，死里逃生，辗转千里才回到家乡。

二河镇上的国民党政府从镇长到普通干部，都换了人。得到伯伯、伯娘及蒋山立一家全部死于鬼子枪弹之下的消息，蒋炳德在镇政府门前坐了好久。他计算不清自己打死了多少日本鬼子，但是日本鬼子打死的中国人太多太多，更加无法统计。鬼子宣布无条件投降前夕，他们营包围了小林光一联队，即将全歼鬼子，只要不再对日寇开枪的命令晚来一分钟，就全要了这伙负隅顽抗的鬼子的狗命。现在听到伯伯一家全死于日本枪弹下的消息，蒋炳德心口剧烈疼痛，后悔最后一仗太听命令。镇长从办公室出来，发现坐在地上的蒋炳德，请他进屋喝茶。蒋炳德好言谢绝后，捂着疼痛的伤口和胸口，一步一步回村。

顺利回家，蒋炳德悲喜参半。父亲交代他参军后完成两件事，一是好好打鬼子，二是找到肖连长。前者他算努力完成了，后者他没完成。父亲交代的任务他只完成了一半。

国民党发动内战后，兵源枯竭，不断征兵。一些逃回来的身体健康的老兵，被再次抓进军营参加内战。负责二河镇征兵工作的国民党桂军追捕蒋炳德，扬言只要他回到部队为国军效力，对他的叛变便既往不咎。蒋炳德在村里人及二河镇镇长暗中帮助下，逃出二河镇。镇长是个反内战的国民党党员，而且他听说蒋炳德一家讲诚信讲仁义道德的品性后，打心里佩服。蒋炳德打定主意外逃前，镇长做他的工作，希望他加盟二河镇政府，只要为政府工作，不去当兵上面也不会追究，就用不着外逃漂泊。蒋炳德不答应，镇长送了他一点钱粮，祝他好运。

蒋炳德一逃就是三年多。1949年10月，新中国成立，当年过桂北的中央红军赢得天下。家人盼望蒋炳德再次回乡，一盼就到了1950年的春天。果真，蒋炳德安全归来。这三年多的时间里，蒋炳德仍然未能找到共产党，当他觉得已经接近共产党时，中国已是处处都有共产党。归家，是最佳选择。

二河镇由共产党接管，新政府成立，百废待兴，新政府有许多事做。而二河镇新政府里，没有肖连长。

蒋宏图身体每况愈下，来日不多。受蒋宏图指令，蒋炳德捧出铁盒放在蒋宏图眼前。他伸手抚摸铁盒，久久停在上面。二十年过去，铁盒毫发无损，依然发出明亮的金属光泽。

"好好保护，一定要交给肖连长。"蒋宏图叮嘱蒋炳德。

蒋宏图去世后，蒋炳德给部队写信，寻找肖连长。信一封封发出去，有的石沉大海，有的"查无此人"退回。

每年征兵，二河镇总有青年去当解放军，蒋炳德给每一位参军的青年带上寻找肖连长的信。一年又一年，无一点肖连长的线索。

兴许肖连长转业了呢？蒋炳德受人启发，给全国三十个省市政府写信，一直写到县一级。村里人为他捐钱买信纸信封邮票，镇政府工作人员见到他来邮电所寄信，都会慷慨解囊。二河镇无人不知道蒋炳德一家在寻找肖连长，可是，消息却永远止步在二河镇。

蒋炳德的身体没有父亲好，都是因为抗日战场上多次负伤留下的后遗症。天气变化越大，身子越疼痛。镇上的中草药医生免费为他治病，镇医院也常免他的医疗费，但旧伤不能治愈。父亲离世十年后，蒋炳德旧病复发，不幸病逝。他去世得匆忙，没来得及交代儿子蒋仕强好好保护红军旗。但蒋仕强九岁的时候就已经从爷爷那里获得了指令，在任何时候都要好好保护红军旗。

蒋仕强拿出铁盒，让躺在棺材里的蒋炳德看最后一眼。"爸，放心吧，我一定交到肖连长手上。"他说。

时间一天天过去，新中国成立二十多年了，肖连长仍没出现；父子两代人写了二十年的寻找信，无一反馈，退回的信堆成山。蒋仕强不再像父亲一样大海捞针似的写信，可他像父亲一样一天天焦渴地等待。蒋仕强向镇政府领导请教："怎么办？"镇领导说："还能怎么办呢？"蒋仕强又去问武装部，武装部新来的部长说，明天我们去县武装部，向县里的部长讨个主意。县武装部部长团长转业，他想了想说："这面红军旗虽然是肖连长落下的，可红军旗不属于哪一个人，属于中国工农红军，属于中国共产党啊。"

"捐给国家呗。"蒋仕强脑子突然灵活起来。

不久，接到信的上级博物馆来了专家。县镇两级政府领导陪同他们来到枫树坪村。蒋仕强捧出铁盒。村里人闻讯，聚集而来。

在大家的见证下，蒋仕强小心砸开铁盒上的锁。红军旗跳进人们眼中，人群立即欢呼。专家取出红军旗，展开。红军旗保存完好。红军旗下面铺着旧报纸，报纸一碰就碎了。再下面，有两根金条、十一块大洋。